JN124800

まえがき

眠る前に読むのに最適な本というのは、先が気になってワクワクしてしかたがないような本ではなく、ひとつひとつの文章が短くて、どこから読んでもいいような本ではないでしょうか。そう考えると、短歌がちょうどいいのではないかと思いました。

短歌は詩なので、ぱっと見ただけでは意味がよくわからないものもあるけれど、そういうところも眠りぎわに読むのにちょうどいい気がします。わかるような気もするし、わからないような気もする、とか考えているうちに、いつの間にか眠ってしまっているような。

この本では、眠る前に読むとよさそうな短歌を三人で百首集めてみました。短歌がずらっと並んでいるだけだと少しとっつきにくいかと思ったので、短歌の横にひとつひとつ、解説文、というほどしっかりしたものではないですが、短い文章を添えてみました。

この本を枕元に置いて、毎晩少しずつページをめくって、すやすやと、ぐっすりと、眠りについてもらえたらうれしいです。読者のみなさんが安眠できますように。

枡野浩一・ｐｈａ・佐藤文香

橋爪志保（はしづめしほ）

にんげんの良さのひとつにねむるとき身体に布をかけるかわいさ

合同歌集「ベランダでオセロ」

以前ＳＮＳで、眠るときに首から下に布をかぶって眠る猫の画像が話題になっていたことがあった。みんなその画像を見て、かわいー、と言っていて、僕も、かわいー、と思った。

しかし、この歌を読んで気づいた。本当にかわいいのは人間たちのほうだったのだ。毛皮という便利なものを持たないつるつる肌の人間は、子どもも若者も中年も老人も、みんな等しく体に布をかけて眠る。なんてかわいい生き物なんだろう。

（ｐｈａ）

寝た者から順に明日を配るから各自わくわくしておくように

佐伯紺（さえきこん）

「歌壇」2014年2月号

最後の「各自わくわくしておくように」がかわいくていい。

眠るときに明日のことを考えてわくわくする気分ってどんな感じだったっけ。昔はそんな頃もあったような気がするけど、大人になった今ではもううまく思い出せなくなってしまった。

でも、わくわくするのは別に子どもだけの特権じゃない。大人だって明日にわくわくしたっていいのだ。

たまには明日の楽しみなことを考えて、わくわくしながら布団に入ってみよう。

（pha）

初谷むい

死後を見るようでうれしいおやすみとツイートしてからまだ起きている

『花は泡、そこにいたって会いたいよ』書肆侃侃房

エゴサーチをやめて久しい。エゴサーチといえば吉田豪か枡野浩一か、と言われていた時代もあるのに。今は一切やっていない。他人の評価が自分の意に沿わないものであるのは当たり前だという境地に達してしまったのだ。

エゴサーチ中毒だった頃は、あの世に行ってもエゴサーチをしたいと思っていた。追悼文として私の悪口をツイート（投稿）している人がいたら、そっと「いいね」をつけてあげる。あの世からのサーチ&デストロイである。

そんな薄暗い欲望から、最も遠い一首がこれ。

他界したあとも世界は回っていて、その世界をこっそり覗いているようなうれしさ。本当は生きているからこその気持ちなのかもだけど。

（枡野）

おかわりにいただきますという人のねむりが深くありますように

水野葵以（みずのあおい）

『ショート・ショート・ヘアー』書肆侃侃房

自分がしないことを、ひとがすると驚く。ごはんを食べる前に「いただきます」を言うのは普通だけれども、おかわりのときにまで律儀に言うのか、という驚きがこの一首の真ん中にある。

自分はそうはしないけれども、そんなことをする人のことを愛おしく思う気持ちがある。幸いあれ、と願う感じで、「ねむりが深くありますように」と祈る。

そのように祈ってしまう人はきっと、あまり深く眠れない日々を過ごしたことのある人だ。

（枡野）

加藤治郎（かとうじろう）

たぶんゆめのレプリカだから水滴のいっぱいついた刺草（いらくさ）を抱く

『マイ・ロマンサー』雁書館

明晰夢という。これは夢であると自覚しながらみる夢のことを。

水滴のいっぱいついたイラクサを抱いたら、水もつくし、トゲも刺さる。でも、これは夢だから、たぶん夢だからと、思いきって抱いてみる。痛いだろうか。濡れるだろうか。

色恋の夢かもしれないとも思う。危険な相手だとわかってはいるけれども、気持ちをおさえることはできない。

それ以外の、果敢に向かわなくてはならないのに、現実では逃げてしまっている仕事か何かの象徴かもしれない。

痛みを感じる直前の一瞬が、閉じ込められたような一首。


（枡野）

正岡豊（まさおかゆたか）

草のかげで眠りたいのにどこもみな螢いてああもう、バスが出る

『四月の魚』書肆侃侃房

草のかげで眠るなんて、あからさまに永眠を待っているかのよう。でも眠りたいのに眠れない。草のかげには螢たちがいてまぶしいからだ。いつのまにかバスが私を置いて、もう出ようとしている。あのバスに乗らなくてはいけなかったはずなのに。

なにもかが夢のようであり、前世の記憶のようでもある。バスに乗り遅れた結果として、この世に生を受けて、いま目を見ひらいたところだったのかもしれない。どことなく涼しい気持ちになっている。

（枡野）

谷川由里子

長剣のように背骨をぬいてごらん　ペチカ、ペチカ、ねむってはだめ

『サワーマッシュ』左右社

ねむってはだめ、と言われているけれど、なんだか眠くなってくる歌だと思う。

ペチカというのはロシア風の暖炉のこと。北原白秋作詞の童謡「ペチカ」が有名だ。ペチカ、ペチカ、と二回繰り返されると、童謡や子守唄を想起する。または、暖炉の中で薪が爆ぜる音のようにも聴こえる。もしくは、眠ってしまわないようにやさしく頬を叩かれている音のようにも思えてくる。

そして「長剣のように背骨をぬいてごらん」という上の句のインパクト。スラッと剣を抜くように背骨を抜き取るイメージがカッコいい。

現代社会に生きる私たちの体はいつもどこか緊張していて、完全に脱力することは少ない。だけど、もし背骨を抜き取ってしまったら、肩も背中も腰も完全にふにゃふにゃになって、最高の脱力状態になれるんじゃないか。

背骨を抜き取られたタコのような体で、立ち上がることができず、床に這いつくばっている。その横にはペチカがあって、薪が爆ぜる音が聴こえてくる。

眠ってはいけないけれど、眠気にあらがうことができない。意識はだんだん遠のいていく。そんなふうに眠りに落ちてみたいものだ、と憧れてしまう。

（ｐｈａ）

スパコイナイノーチ　ワンアン　グッドナイト　知ってるおやすみ全部をあげる

宇都宮敦（うつのみやあつし）

『ピクニック』現代短歌社

呪文のようなカタカナ語を読んだあとで読者は、それらがすべて「おやすみ」を意味する外国語だということを知らされる。

英語の「グッドナイト」くらいは私も知っていたし、中国語の「ワンアン」あたりで意味に気づいた人もいるだろう。冒頭の「スパコイナイノーチ」は知名度が最も低そうだけれど、ロシア語だそうだ。

要約すると全体で「おやすみ」としか言っていない短歌。しかしそれをこれから眠るだれかに手渡そうとする、優しさのエネルギーに満ちている。

（枡野）

柳澤真実（やなぎさわまなみ）

手についた犬の匂いをいつまでも嗅いで眠りたいそんな雨です

枡野浩一『かんたん短歌の作り方』ちくま文庫

匂いと眠りは密接に結びついている。ラベンダーの香りが安眠を促す、といった話は有名だ。筒井康隆の小説『時をかける少女』の少女が時をかけるきっかけになるのもラベンダーの香りだが、時間旅行をすることは眠って夢をみるようなものだという、ＳＦ作家からのメッセージがこめられている気がする。

犬の匂いはけっして爽やかではないだろう。雨に濡れた犬なら、なおさら。犬と一緒にベッドで眠るわけではないけれども、自分の手についた犬の匂いを必要とする日があった。一瞬ではなく、「いつまでも」だ。

雨音、湿気、ぬくもり、匂い、時の流れ。そんな一日が私にもあったという偽の記憶が、この一首を読むとよみがえってくる。

（枡野）

木下侑介（きのしたゆうすけ）

目を閉じる度に光が死ぬことや目を開ける度闇が死ぬこと

『君が走っていったんだろう』書肆侃侃房

生きていることは自覚しづらい。

目を開ける度に光が生まれること、ではなく、目を閉じる度に光が死ぬこと、に着目する。

目を閉じる度に闇が生まれること、ではなく、目を開ける度闇が死ぬこと、に着目する。

それが生きている者の宿命なんだろうか。

死ぬ瞬間を繰り返すことで、生きている時間をかろうじて目視できる、みたいに。


（枡野）

ウインカーつけて曲がってゆく車　しずかな夜を眠れずにいる

工藤吉生（くどうよしお）

東直子『短歌の時間』春陽堂書店

眠れずにいる人が車の中にいる、のではない、と思う。ウインカーをつけて曲がってゆく車を気にしながら、部屋の中で目が冴えていく瞬間の歌だろう。

ウインカーは右または左の光をチカチカ光らせることで、どちらの道へ曲がるかを第三者に伝える道具である。部屋の中にいる人にとって、その情報はまったく必要ない。しかし静かな夜だから、チカチカ光るたび、空耳で音が聞こえるような気さえする。

ウインカーが気になるということは、車の運転を日常的にしている人なのだ。今は部屋の中にいて、ただ眠ればいいだけなのに眠れない。昼間に何があったのかはここでは語られない。また一台、車が光りながら道を曲がっているのが、カーテンごしにもわかる。

（枡野）

草や木や山は眠るというけれど海は眠りにつくのだろうか

土岐友浩（ときともひろ）

『Bootleg』書肆侃侃房

「草木も眠る丑三つ時」というフレーズは聞いたことがあるだろう。丑三つ時というのは、現代の時間で言うと午前二時から二時三〇分までの時間のことを指す。人も動物もすべて寝静まった、ひっそりとした深夜の様子を表現する慣用句だ。

「山眠る」というのは、俳句で冬の季語として使われる言葉だ。木の葉もすっかり落ちてしまい、花も咲かず、動物たちも息をひそめている、静かな冬の山を表している。

私たちは、活動が低下しているさまざまなものを擬人化して、「眠っている」と表現する。それならば、「海が眠る」と言うこともできるのだろうか。

少し考えてみたけれど、海にはあまり眠るという表現は合わない。それは、静かで形がなく、あらゆるものを飲み込んでしまう海は、最初から眠りに似ているからだと思う。

ときどき無性に海を見に行きたくなることがある。行って何かをするわけでもなく、ただぼんやりと海を眺めていたくなるのだ。

なぜ海を見ると心が落ち着くのだろう。人間は眠っているあいだに頭の中でその日あったことの整理をするらしい。それと同じように、無心になって海を眺めているあいだに、頭の中で人生で起きたいろいろなことが整理されているのではないかと思っている。

毎日の生活に疲れたら、海を見に行ってみよう。

（pha）

月を洗えば月のにおいにさいなまれ夏のすべての雨うつくしい

井上法子（いのうえのりこ）

『永遠でないほうの火』書肆侃侃房

雨が月を洗うというイメージといい、そして雨が月の匂いに苛まれるというイメージといい、とにかく最初から最後まで美しさにあふれた歌だ。部屋に美しい風景画を飾るように、この歌を心の中の部屋に飾っておいて、夏の雨がやってくるたびに口ずさみたい。

美しいイメージを追求した歌は、しばしば緊張感や凄みを持つことがあるけれど、この歌にはそうした険しさはない。その理由は、この歌に出てくる雨も月も、どちらも弱くて儚いものだからだろう。

雨は、降り続いて世界を閉じ込めるような雨ではなく、優しく月を洗うほどの雨。月も、人を狂わせるような強い月ではなく、しずかに匂いを放つだけの月。そして、そんな柔らかな月の匂いにも苛まれてしまうほどの、雨の弱々しさ。

この歌に出てくるものすべてが弱くて優しくて壊れやすくて、その儚さがこの歌の美しさを成り立たせている。

（pha）

燐寸擦るようにギターを弾き始め、もうやめている寝間着のきみは

鈴木加成太（すずきかなた）

『うすがみの銀河』角川書店

ギターの弦を弾き始めるときの、あの掠れや重たさ。言われてみれば、燐寸(マッチ)に火をつけるときの「ジュンッ」という感覚に似ている。軽快に弾き続ける前にやめてしまったきみは、まだ下手だから飽きたのか、それとも単に眠いのか。せっかくギターに合わせて、知っている曲を口ずさんだりしようかと思ったのに。パジャマにギターというのが家っぽくていいし、家ならいつ弾いたって、いつやめたっていいからいい。すぐやめてしまう「きみ」はかわいく、そんな相手にいつも振り回されているだろう、この歌の語り手も愛おしい。

このあとふたりはちゃんと、それぞれの布団に入るのだろうか。何音かの弦の音を記憶として漂わせながら、ひとつの夜が更けていく。

（佐藤）

岡本真帆（おかもとまほ）

おやすみと唱えたあとのおやすみのことだま眠るまでそこにいて

『水上バス浅草行き』ナナロク社

ちゃんと眠れるまで、自分の言った「おやすみ」の言霊に守られたいと願うのは、眠るのがむずかしい人なんだろう。だれかが添い寝してくれているわけではなく、言葉の残響のようなものに包まれていると感じる。ひとりであることをまっすぐ受けとめているような、芯の強さも感じられる一首。

（枡野）

山階基（やましなもとい）

くるぶしを波にまかせている夢の浜はあなたと来たことがない

『夜を着こなせたなら』短歌研究社

くりかえし、みる夢がある。ここには前にも来たことがある、と夢の中で気づいている。くるぶしに波があたる。そこまで大きな波ではない。冷たすぎることもなく、いつまでもこうしていたい。浜には自分しかいなくて、だれかにここにいてほしくて、この満ち足りた空間に足りないものは「あなた」だと思う。

ささやかな幸福感を味わっているとき、それを共有したい気持ちになり、顔を思い浮かべてしまう人。それが好きな人なのだろう。

あなたと来たことのない夢の浜に立つことで、あなたへの気持ちをまた嚙みしめている。

（枡野）

夜夜中（よるよなか）さりとて

僕に迷路を与えて夜は得意気だ　得意気というのは想像だ

「ハニー・バニーとパンプキン」ホーボー・サイン

夜が僕に迷路を与える、というのを、暗いので道が見えず迷う、と言い直してしまうと何も面白くない。同様に、夜が得意気であるというのも、夜をあたかも闇の帝王であるかのように擬人化して書いている、と理解するのだとしたらとても野暮だ。「僕に迷路を与えて夜は得意気だ」が完成形であり、これ以外にない。

そして、そんな夜の気持ちは僕の想像なのだという。マジックに驚いた観衆に、マジシャンのかっこよさにも気づかせ、惚れさせせてしまうような構図の歌である。

「夜夜中さりとて」という名前のとおり、この歌人は夜の歌の名手。そのポエジーはいつも使う言葉を詩に仕立てる。〈明かりが夜を夜たらしめるまではもう話したようなことを話した〉、〈一晩かけてコーラは泡を手放した、それはもうコーラが決めたこと〉。いずれも「ハニー・バニーとパンプキン」より。

（佐藤）

佐々木朔

はるのゆめはきみのさめないゆめだからかなうまでぼくもとなり
でねむる

「ねむらない樹」vol. 1 書肆侃侃房

眠ってみる夢と、大きな望みを意味する夢が、どちらも「夢」であることは興味深い。英語でも同じ「DREAM」だ。

春の夢を「きみ」がみていて、それは、さめない夢だという。「かなう」と言っているのだから、きみの夢とは、きみが強く望んでいることなのだ。

「ぼく」もまた「きみ」の夢がかなうことを望んでいるのだとしたら、それはふたりの夢と言ってもいいはずだけど、その夢の内実をどうも「ぼく」は知らされていないのではないかという気がする。だから、ただ、隣で眠ることくらいしかできない。

すべては春の夢のようにおぼろげで、理屈の輪郭をなぞろうとすると、はぐらかされてしまう。

『二人でいると人生は二倍淋しい』というタイトルの本を読んだことがある。並んで寝ている二人はさびしい。でも、かなうまでは隣り合わせで夢みることができる。たとえ、別々の夢であっても。

（枡野）

医師でもあった歌人の岡井隆氏が、眠れないときは横になって目をつぶっているだけで、ある程度は疲れがとれるものなんですよ、と雑誌で言っていたことがある。師を持たない私にとって岡井氏は「短歌界の父」のような存在だが、いちばん実用性があった「父」からのアドバイスはそれかもしれない。眠れなくても問題ない、と考えることで私は、眠れないことのほとんどない人間になった。

枡野浩一

ZZZ

大室（おおむろ）ゆらぎ

ぬばたまの眠る間際に読む本は「山羊の育てかた」山羊を飼はうよ

『夏野』青磁社

山羊が好きで「山羊の育てかた」という本を読み、自分にも飼える気がして、家族に提案する。実際には忙しかったりマンション住まいだったりして飼えないとしても、山羊を飼う自分たちや、自分たちの山羊を想像するのは楽しい。目を細めた山羊の、骨張った背中を撫でたくなる。「ぬばたまの」は「夜」や「闇」などにかかる枕詞で、この歌では「眠る間際」にかかり、夜であることがやわらかく示唆される。

余談だが、香川に住むうちの叔父は山羊を飼っている。かつて従妹が「山羊の散歩に行ったら公園に烏骨鶏がいたから、山羊は先に帰らせて、烏骨鶏を拾って帰った」と言っていた。烏骨鶏はさておき、山羊って利口なんだなと思った。飼うのは無理でも、散歩くらいはしてみたい。そういう夢を見るだけでもいい。

（佐藤）

俵万智（たわらまち）

同僚が四年に一度の寝不足でオウンゴールのようなミスする

『未来のサイズ』角川書店

歌集の前後の歌を見ると、サッカーのワールドカップのときのことを詠んだ歌らしい。夜中にずっと試合の中継を見ていたのだろう。

「オウンゴールのようなミスする」という表現が楽しい。寝不足による不注意で、普段ならしないようなうっかりしたミスをしてしまったのだろう。その人がフィールドの芝生の上で、ガックリと膝をついて頭を抱えている姿を想像してしまう。

そしてこの歌を詠んでいる作者は、ゆうべにサッカーを見ていたときと同じように、観客としてその同僚を眺めている。

夜が明けてもまだ、ワールドカップのお祭り騒ぎの雰囲気が続いているみたいで、ミスをした同僚の人はショックだろうけど、ふわふわとした非日常感がなんだか楽しくなる歌だ。

（ｐｈａ）

蒲団より片手を出して苦しみを表現しておれば母に踏まれつ

花山周子（はなやましゅうこ）

『屋上の人屋上の鳥』ながらみ書房

あははは。この人、調子が悪くて寝ているのだろう。布団から手を伸ばして、つらさを訴えている。ポカリスエットを持ってきて……とか、冷えピタを替えておくれ……と言いたいのかもしれないが、「片手を出して苦しみを表現しておれば」ということだから喉を痛めて、もしくは弱りきっていて、声が出ないのではないか。しかし無慈悲な母。いつものように掃除でもしているのか。とはいえ、部屋に様子を見に来るたびに「大丈夫?苦しくない?何か持ってこようか?」と聞いてくる親よりは、断然好きなタイプだ（少なくとも私は）。

そしてこの人は、苦しいのに母に踏まれたことを短歌にしているわけで、なんなら自分の状況にちょっとウケている。「表現する」という大袈裟な動詞による四句目の大幅な字余りと、「踏まれつ」という文語との間に生じるギャップにギャグ漫画っぽさがある。はやくロキソニンが効いて、よく眠れるといいのだが。

（佐藤）

柴田有理（しばたあり）

うちの子はパン生地なのか8月に毛布を二枚かけて寝ている

「三度笠線」

八月に毛布を二枚かけて寝ているなんて、そうとうなことだ。一枚でも暑そう。「うちの子」とだけあるが、赤ちゃんなんだろうか。しかし自分の赤ちゃんだとしたら、それがパン生地かどうか、迷ったりするものだろうか。

読者の脳裏には、毛布を二枚かけてスヤスヤ眠る赤ちゃんめいたものがまず浮かび、次にパン生地が浮かんでしまう。イースト菌を混ぜて、あったかいところでじっくり発酵させてから、ホカホカに焼き上げるんだろうな。

赤ちゃんでもあり、パン生地でもある、謎の物体が毛布二枚の下に眠っている？ そんな光景を思い浮かべてしまうと、そこから逃れられなくなる。妙にのんびりした夏の日だけれど、シュールな怖い絵のようでもある。

〈うちの子はパン生地みたく8月に毛布を二枚かけて寝ている〉という文意だと解釈した場合、急に安心感で包まれ、最終的に原文の「なのか」の切れ味に感嘆することになる。

（枡野）

上本彩加（うえもとあやか）

大切なひとが出来たら回鍋肉みたいなベッドは捨ててしまおう

「羽根と根」創刊号

「回鍋肉みたいなベッド」という比喩が面白い。味噌でくたくたになるまで炒めたキャベツのように、シーツや布団がごちゃっとなってる感じだろうか。

確かにそんなベッドは大切なひとには見られたくない。相手が恋人だったなら、そのベッドを見た瞬間に百年の恋も醒めてしまいそうだ。大切なひとを部屋に呼ぶときには、ベッドはパリッとした清潔感のある状態にしておくべきだ。

だけどその一方で、「すぐに捨てたい」ではなく、「大切なひとができたら捨てよう」と思っているということは、回鍋肉みたいなベッドの寝心地は、意外とそんなに悪くないのかもしれない。

他人に見られると引かれそうな部屋でも、自分にとっては居心地がいい、ということがある。雑然としているようで、自分にとってはそれがちょうどいいのだ。

大切なひとができたらそのときにまた改めて考えるとして、とりあえず一人のうちは、回鍋肉みたいなベッドや麻婆春雨みたいな布団で眠り続けてもいいんじゃないだろうか。

（ｐｈａ）

このタオルケットがないと眠れない　これも政治が悪いせいだろ

遠藤健人（えんどうけんと）

「短歌研究」2022年7月号

さすがにそれは政治のせいではないだろう。

いや、違うのか……？　ひょっとしたら、このタオルケットがないと眠れないような神経質な自分になってしまったのは、この国の政治システムや教育制度の影響があるのだろうか。もしかしたらあるかもしれない……いや、やっぱりないな。それはさすがに関係ないだろう。なんでも政治のせいにしてはいけない。

だけど、「政治が悪い」と言ってしまうことには、爽快感がある。心が弱っている夜は、自分を責めるんじゃなくて、政治とか社会とか学校とか、ひたすら誰かのせいにしてしまってもいいと思う。人間は弱い生き物だから、いつも正しくいられるわけじゃない。そんな夜がたまにはあっていい。

（ｐｈａ）

三田三郎（みたさぶろう）

アスファルトに寝ればアスファルトの匂い　どこからやり直せば
いいですか

『鬼と踊る』左右社

アスファルトの匂い、などと言われるとうっかり抒情を感じてしまいそうになるが、どこで寝てもいいというわけではない。とりあえずこの人はどうしてここで寝ることになったのか、記憶を逆再生していくべきだけれど、しこたま飲んだことが原因だとすれば、たぶん店を出る前に記憶も途切れている。なぜそんなに飲んでしまうに至ったのか。仕事のストレスか。とすればなぜこの仕事を引き受けたか。そもそもこの職業に就いたのはなんでだったか。こうしてアスファルトに片頬をつけて寝ている以外のパターンの今を考え始めただけで、一体全体なぜ自分はこの世に生まれついたのか、という哲学的な問いにまでたどり着きそうだ。フラットな書きぶりながら、私には神にすがっているように感じられた。どうか家に帰ってあたたかい布団で眠り直してほしい。

ちなみにうちの父は大学時代、麻雀帰りに酔っ払って早稲田通りで寝ていたことがあるらしい。そんな父の子である私は、どこからやり直すべきだろうか。

（佐藤）

辰巳泰子（たつみやすこ）

電飾が樹木をさらに暗くした　もともとくらい　いのちというは

『いっしょにお茶を』沖積舎

大きな木の上のほうまで、小さな光が点々と灯るクリスマスツリーが、私の暮らすまちには冬になるといつのまにか生まれている。それ以外の季節にも電飾が付いたままになっているが、光らないだけなのだろうか。それとも、冬が来るたびに電飾を付け、春に外しているんだろうか。あんな上のほうの細い枝にも、いちいち付けられているようなのに。

人工的に光る樹木は暗い。もともと命は「くらい」ものであり、それをさらに暗くしたのが光なのだと、この歌は看破する。

（枡野）

眼底に雪はさかさに降るといふ噂をひとつ抱きて眠りぬ

藪内亮輔（やぶうちりょうすけ）

『海蛇と珊瑚』角川書店

眼底とは、上を向いたときの目の底、つまり、眼球の一番奥側のことだ。目に入ってきた光は、角膜と水晶体を通って屈折し、網膜上に結像する。その際に上下左右が逆転する、だから眼底では、雪が下から上へ降っていることになる。とは言っても、我々は視神経の伝達する情報によって、ちゃんと上から下に降る雪を見せられているので、本当に眼底において雪がさかさに降っているかはわからない。実感でわからないことは、噂でしかない。

「あの子とあの子、付き合ってるんだって」、そういう噂は人を眠りにくくさせる。真偽が気になるし、俗世の話だからだ。眠りにつくには、現世から少し心身を浮かせなければならないようなところがありませんか？　「眼底に雪はさかさに降る」ことは、眠るにはいい噂だと思う。いいサイズの噂をひとつ抱くのは、抱き枕のような効果もあるかもしれない。横になって目をつむれば、さかさに降る雪をさかさのままに再現することもできる。

（佐藤）

魚村晋太郎（うおむらしんたろう）

からだよりゆめはさびしい革靴と木靴よりそふやうにねむれば

『バックヤード』書肆侃侃房

日本では現在、木靴を履いている人はほとんどいない。分類によっては下駄も木靴にあたるらしいが、この歌のなかの木靴はどちらかといえばヨーロッパのもののように思う。また、木靴よりは革靴の方が我々には親しみ深いと言っても、この歌ではスニーカーの横にある革靴ではない。「革靴と木靴」と並ぶことで、靴の原初や一民族の服飾文化を感じさせる。しかし靴は基本的に左右セットであるもの、この二足が仮に革靴の右足と木靴の左足だとすれば、隣に寄り添い合っていたとしても永遠にペアになることはない。同じ用途で別の素材のようなふたり。どちらも夜の闇に冷えている。

そうして眠ってみてわかるのは、「からだよりゆめはさびしい」ということ。「からだ」と「ゆめ」の二者を比較することができるのは、どちらともを知覚できる自分の意識だろう。夢の中だけではいつでも一緒にいられるということの儚さかもしれないし、抱き合うことはできても夢はそれぞれ違うというさびしさとも取れる。赤尾兜子（とうし）に〈ゆめ二つ全く違ふ蕗のたう〉という句があり、光量過多な「ゆめ」という語の苦しさを思い出した。

それにしても、凝ったつくりながらそれを感じさせないうつくしい歌だ。ここでは「革靴」と「木靴」だけがたしかなこと。そのふたつだけが漢字で、あとにはひらがなのなめらかなさびしさが残る表記にも恍惚とする。

（佐藤）

大森静佳（おおもりしずか）

眠れないときは製氷皿をおもう　ねむったあともきっとこころが

『カミーユ』書肆侃侃房

家庭用の製氷皿は一般的に長方形のプラスチックで、立方体に近い氷ができるよう、十二くらいのマスに区切られている。仕切りは少し低いので、水は注がれてひとつの部屋から溢れると次の部屋へ流れる。少し水をこぼしながらも、それぞれの区画に水が満ちたら冷凍庫に入れる。もともとつながっていた水は、わかれて氷になっていく。ひとつずつに芯ができ、空気の粒が入り、ちりちりと凍る。冷たい闇のなか、氷になっていく水の孤独を立ち上げるフィールドが製氷皿である。

話すのをやめて目をつむり、布団に入って眠るとき、私たちはひとりずつ、見えない仕切りのもとに結晶化していっているのかもしれない。眠ってしまったあとの心は、それぞれ透明の立体として、夜という冷たい庫内で隣り合っているのかもしれない。「おもう」から「ねむったあともきっとこころが」へのぼんやりとした読み心地にも、眠りに落ちていく際の意識の遠のきを感じる。

（佐藤）

光森裕樹（みつもりゆうき）

あかねさすGoogle Earthに一切の夜なき世界を巡りて飽かず

『鈴を産むひばり』港の人

「あかねさす」は「日」や「紫」などにかかる枕詞。ここではなんと「Google Earth」にかかっている。Google Earthとは、ウェブでの閲覧を前提につくられた地球全土の衛星画像だ。だいたいの人はパソコンのブラウザで見るだろうから、その新しい技術を映し出す明るい画面は光と捉えることができる。そこでこの作者は、思い切って和歌の枕詞を用いた。「あかねさす」の「あ」と「す」の音から「Earth」が導き出された可能性もある。結句の「飽かず」にも「あ」と「ず」が入っている。

衛星画像のなかでは、雨が降ることも、夜になることもない。建造物の屋根や地形がくっきりと見える。さらにこのGoogle Earthは「バーチャル地球儀システム」ともいわれ、地球儀を回すようにして各地の様子を見ることができる。本物の地球であれば昼の地域の裏側は夜だが、このサービス上では「一切の夜なき世界」となる。画像を拡大していくことで、その地に暮らす自分を想像したりもできる。

こういう想像はハマると止まらなくなる。いつの間にか夜も更けて、画面のなかの世界だけが煌々と明るい。夜なき世界の住人になる夜も、たまにはあっていいだろう。

（佐藤）

仲田有里（なかたゆり）

リピートにした一曲が繰り返し始まるたびに少し目覚める

『マヨネーズ』思潮社

不思議な歌だな、と思って、何度も読み返してしまう。

音楽を聴きながら眠気におそわれているのだろう。眠ってはいけない、と思いつつも眠気のすさまじさに勝てなくて、うとうとしてしまう。曲が終わると、あ、終わった、と、少しだけ目を覚ますのだけど、また同じ曲が始まって、聴いているうちにまた眠ってしまう。起きたほうがいいのはわかっている。だけど、眠りの心地よさにあらがえない。また曲が始まって、いつの間にか終わっている。何度も目を覚ましては、何度も眠る。

面白いのは、この歌を読むこと自体が、歌で詠まれている内容に似ていることだ。

この歌は、普通の文章の中にあってもおかしくないような平易な文でできているので、スッと読めてしまう。しかし、最後まで読み終えたとき、内容は簡単に理解できるのだけど、あまりのひっかかりのなさに、何か読み飛ばしてはいないか、ともう一度読んでしまう。

一曲を何度も聴くように、この歌を何度も読み返して、そして最後の「目覚める」の部分で毎回かすかに目覚めのイメージがやってくる。歌の内容と歌を読む体験がシンクロしていて、それが不思議な感覚で心地よい。

（pha）

伊舎堂仁（いしゃどうひとし）

あるといいけれどめちゃくちゃこわいよね飲むとよく眠れる水道水

『トントングラム』書肆侃侃房

眠り続けるのは好きだけど入眠が苦手な僕としては、飲むとよく眠れる水道水があったらいいな、と思う。毎日がぶがぶ飲みたい。

しかし、いいなと思うと同時に、なんだか怖いような気もする。それはちょっとディストピアっぽくないだろうか。

海外では、虫歯を防ぐために水道水にフッ素を混ぜている国があるらしい。それで虫歯が減ってみんなの幸福度が増すのなら、いいことだと思う。「虫歯を防ぐ」ならいいのに「よく眠れる」だと抵抗があるのは、精神に直接影響を及ぼすからだろうか。何か副作用が出そうで怖い。眠りという個人的なものを、誰かにコントロールされるということに気持ち悪さを感じるのもあるかもしれない。

でも、ついそんな抵抗感を持ってしまうけれど、実際にやってみたら、今より幸せで平和な社会が訪れるのかもしれない、と思う。よく眠れると人間のストレスは格段に減るし、そうすればこの社会で起きている不幸の何割かは確実に減るだろう。

みんなに言うと反対されるだろうので、誰にも言わずこっそりと、よく眠れる成分を水道水に混入させてほしい。誰か。

（ｐｈａ）

永田和宏（ながたかずひろ）

ねむいねむい廊下がねむい風がねむい　ねむいねむいと肺がつぶやく

『饗庭』砂子屋書房

「廊下がねむい風がねむい」って、眠さが自分の中から漏れ出して、世界に充満しているかのような描写だ。大丈夫だろうか。

そして、「ねむい」とつぶやくのは自分ではなく、「肺がつぶやく」と言っている。自分の体から、自分という意識が薄れてきている。

無音の暗闇で、自分の体温と同じ温度にした水に浸かっていると、どこまでが自分の体でどこからがそうでないかがわからなくなってくる、という実験の話を昔読んだことがある。

自分の意識というものは、自分の体と同じ範囲に収まっているものだと私たちは普段考えているけれど、必ずしもそうではないのかもしれない。

意識が眠りに近づくと、自分と自分以外の境界線が曖昧になっていく。それはとても気持ちがいいことだ。

眠いときは、自分が自分であることをすべて投げ出して眠ってしまおう。

（ｐｈａ）

岡野大嗣（おかのだいじ）

にんげんがひとり　にんげんがふたり　五月の草に眠れるひつじ

『たやすみなさい』書肆侃侃房

人間が眠るときにひつじを数えるように、ひつじは眠るときに人間を数えるらしい。人間が頭の中で思い浮かべるひつじ、が頭の中で思い浮かべる人間、が思い浮かべるひつじ、が思い浮かべる人間、と、どんどん無限にループしていく様子を想像すると、途方もなくてなんだか気が遠くなってくる。
岡野大嗣さんの歌集『たやすみなさい』には、〈たやすみ、は自分のためのおやすみで「たやすく眠れますように」の意〉など、眠りにそっと寄り添うような歌がたくさん収められている。夜空のような黒い表紙にキラキラとした星が散りばめられた素敵な装丁で、眠る前にさわっていたくなる本だ。

（ｐｈａ）

村上（むらかみ）きわみ

なんべんも同じところで躓いて　きらきらひかるよぞらのほしよ

「題詠マラソン２００３」

バイオリンを習っていたことがある。物心つかない年齢の頃から習わないとプロにはなれないとされる楽器。スタートが遅かった私はまったく上達しなかった。日本で当時普及していたメソッドでは、最初に「きらきらぼし」の変奏曲を弾く。なんべんもつまずく私の「きらきらぼし」は、社宅アパートに住む近隣の人にはどのように聞こえていたのだろう。

あやまちはくりかえす。「この失敗は前にもやったことがある」と、失敗するたびに思う。昔のレコード（音声を記録した樹脂等でできた円盤）は傷がつくと、その傷のところで曲がリフレインしてしまう仕様だった。傷のついたレコードは永遠になおらないが、訓練することで克服できる傷もあるのだろうか。

（枡野）

なにゆゑに自販機となり夜の街に立つてゐるのか使徒十二人

小島（こじま）ゆかり

『エトピリカ』短歌研究社

なぜこんなことになってしまったんだ。ただ平穏に暮らしていきたかっただけなのに。向こうに並んでぼうっと光っているのは、普通の自動販売機だとみんなは思っているようだけど、俺にはわかる。あれは十二使徒だ。隠そうとしても隠せないオーラがにじみ出ている。あんなものが、ただの自動販売機なわけがない。

ついに、裁きの時が来たのか。これで終わりなのか。運命を受け入れるしかないのか。

あの自販機に近づいてみようか。近づくにつれて光がどんどん強くなっていく。恐ろしい。こんなに強い光を受け続けたら、体が崩れてしまうかもしれない。

その中に世界のすべてを内蔵しているかのようなどっしりとした自販機は、まばゆい光を放ちながら、夜の街の一角にそびえたっている。

この自販機にお金を投入したらどうなるのだろうか。そうすれば救われるだろうか。それとも、罰されるだろうか。飲み物はちゃんと出てくるのだろうか。

（ｐｈａ）

星の存在　きみと話しているときに僕はこわれるほど高画質

青松輝（あおまつあきら）

『4』ナナロク社

人間から見た「星の存在」とはその天体の輝きである。一方、きみと話しているときの僕は、「高画質」。画質が高いということは、映し出すマシンにとっては負荷がかかるということ、そして美しさや切実さが詳らかであるということだ。「きみ」にとって「僕」が普段動画などに出演する側だとすれば、自己認識が画面の中の自分の姿になっている可能性もある。

夜に映える歌で、張り詰めたナルシシズムに恍惚とさせられた。初句とそれ以降は少し角度の違う美質だが、双方が確かに引き合って一首になっている。「星の存在」からは、人間の「スター」性という意味合いも見え隠れする。

（佐藤）

多賀盛剛

よるにみたほしが、よるにみたことと、ほしをみたこととわかちがたくて、からだがあった、

『幸せな日々』ナナロク社

夜に見た星。夜に見たことと、星を見たこと。夜という世界は星を内包し、星もまた夜という舞台で輝いているから、その両者を別々に認識することは難しい。そう言われてみればそうとしか言いようがないのだけれど、それぞれを感じることのわかちがたさを見つけ、切なく思うのが詩人だ。うっとりしてしまう。

そのあと唐突に「からだ」が出てくる。輪郭のはっきりした、触れるものが手前に現れるので、夜も星も即座にバックグラウンドにまわる。夢から現実に引き戻されるような感覚だ。ただしこの「からだ」も「あった」と過去形で表現されているから、たとえ目の前の愛する人のものであったとしても、もしくは自分の体をはじめて「からだ」として認識したんだとしても、丸太のような感情の通わないものに思える。そこまでで、この歌は終わる。いや、終わらない。

「よる」も「ほし」も「みたこと」も、それを「わかちがた」いことも、「からだがあった」ことも、私たちのまわりの現象で、それらをひとつひとつ確かめて生きるには時間がかかる。〈いつも、ねてるあいだにせえのびて、そのおおきさに、ふとんがかかってた、〉。多賀盛剛の短歌を読むと、この世の不思議を声で指差しながら歩く、詩の「遅さ」をともにすることができる。

（佐藤）

目がさめて耳で測った体温が（わたしたちには体温がある）

吉田恭大（よしだやすひろ）

「アーカイブ２０２０／２００８−２０１８」

昔読んだ本に、全身をリラックスさせて心を落ち着ける方法として、自分の手足の重さや体温を一つずつ意識していく、というものがあった。自律訓練法というらしい。

体温がある、ということについて、ふだん私たちはほとんど意識しない。だけど、体温、三六度くらいのあたたかさが常に自分にあるということは、とても心を安心させるものだ。

この歌は、情報量が少ない。目や耳といった素朴な単語しか出てこないし、限られた文字数の中で「体温」が二回も出てくる。

だけどこの素朴さや繰り返しが、言語や意識を使う前から私たちの誰もが感じている、体温というものの安心感を伝えてくれる感じがする。

わたしたちには体温がある。だから大丈夫だ。

（ｐｈａ）

平出奔（ひらいでほん）

夏の畳のタオルケットの昼寝ってなんか 起きたら泣いてないすか？

『了解』短歌研究社

わかる。なぜかとてもわかる。実際に泣いていたことがあったかは覚えていないけれど、別に悪い夢を見たとか、単にあくびで出たとかではない涙が、目尻に浮かんでいて、それを拭う。手とか、手の甲とか、あとはタオルケットで。

この歌のすごさは、「昼寝」を「夏の畳のタオルケットの昼寝」ととても具体的に言ったところにある。実は「昼寝」は俳句では夏の季語。この作品は短歌だが、夏の季語としての「昼寝」らしさを言い当てているなぁと思う。「って」と少し強引に一般化し、「なんか」で少し息をして、「泣いてないすか?」と問いかけに入ることで、読者の記憶に〝思い当たりにくる〟。それはないな、で終わってしまう人もいるかもしれないが、非常にカジュアルな口語のわりに「すか?」が軽い敬語だからか、印象は悪くない。部活の後輩にこういうヤツがいたら、たまに一緒に帰るだろう。

（佐藤）

望月裕二郎（もちづきゆうじろう）

いっこうにかまわない土地をとられてもその土地に虫がねむっていても

『あそこ』書肆侃侃房

ふつうに生きていて、持っている土地をとられてもかまわない、ということはないだろう。むちゃくちゃな金持ちなのか、それともド田舎の二束三文の荒地なのか。まぁ仮にそういう土地があるとして、その土地に虫がねむっていることはありうるだろうが、そんな虫にまで想像力を働かせるわりに、べつにそれでも土地をとられてかまわないらしい。この滋味深さ。シュールと言って片づけてはならない。

たぶん、はじめに「いっこうにかまわない」と堂々とした一声があり、キャラが印象づけられるのが大きなポイントだ。〈おまえらはさっかーしてろわたくしはさっきひろった虫をきたえる〉という歌も書いているこの作者は、虫を手下とする殿様かなにかなのかもしれない。〈さかみちを全速力でかけおりてうちについたら幕府をひらく〉もこの人の歌。転生モノの主人公のようでもある。こういう夢なら積極的に見たい。

（佐藤）

昼のバイトと夜のバイトの合間寝てＵＦＯキャッチャーの夢を見る

絹川柊佳（きぬがわしゅうか）

『短歌になりたい』短歌研究社

昼も夜もバイトするとは働き者。その合間に見た夢に出てきた「ＵＦＯキャッチャー」とは、ボタンの操作でアームをコントロールし、透明なケースの中にあるぬいぐるみとか、おもちゃをとるゲームだ。欲しいものは、とれたのだろうか、とれなかったのだろうか。いずれにせよ、何かを欲して夢中に動かすゲーム機は、青春の象徴であるかのようだ。

結婚したことが一度ある。その入籍の日（二〇〇〇年元日）は市役所に長蛇の行列ができていたため、私がその最後尾に並び、彼女はＵＦＯキャッチャーをやりに行ってしまった。しばらくして帰ってきた彼女（と、まだ幼かった彼女の娘）は、巨大なぬいぐるみをいくつか抱えていた。笑った。目と腕がよすぎて百発百中だったのだ。離婚へと直結した残念な結婚だったけれど、あの一瞬の幸福感だけは忘れない。幼な子はＵＦＯキャッチャーを自販機と思っていたかもしれない。世界じゅうのＵＦＯキャッチャーに幸福あれ。

（枡野）

鈴木ちはね

品川の手前で起きてしばらくは夏の終わりの東京を見た

『予言』書肆侃侃房

おそらく東海道新幹線に乗っているのだろう。

西のほうから東京へと向かう東海道新幹線は、神奈川県の新横浜駅を出たあと、約十分で東京都の品川駅に着き、そこからさらに約六分で終点の東京駅へと到着する。

車内でうとうととしていて、ふと目を覚ますと、高層ビルや繁華街が車窓から見える。あ、東京だ。気づかないうちにもう東京になっていた。

東京以外に住んでいる人が東京にやってきたところなのか、それとも東京在住の人が東京に戻ってきたところなのかは書いていないけれど、たぶん後者だと思う。

普段の生活の中では、さまざまな雑事に追われて、自分の住んでいる東京のことをそんなに考えることはない。

どこか遠くに行って戻ってくるというきっかけで、東京という都市のことを、そして、季節が変化しつつあることを意識する。

そうか、もう夏も終わりなのか。明日からまた日常が続いていくんだな。

寝起きのぼんやりした頭で、そんな感慨に浸っているという状況を、うまく切り取った歌だと思う。

（ｐｈａ）

クレーンは夜更けんなるとあらわれてゆうたら町の見る夢やろう

吉岡太朗（よしおかたろう）

『世界樹の素描』書肆侃侃房

深夜に外を歩いていて、ふと見上げると、そこには巨大なクレーンがあった。

もちろん、そのクレーンは夜更けになっていきなり現れたものではない。昼間に何かの工事の作業をするためにそこに配置されたものだ。

しかし、昼のクレーンと夜のクレーンはまったく違う。昼のクレーンは建物をつくるためにあくせく働いているけれど、夜のクレーンは何もせずに、巨大な何かの象徴のように、静かにそびえ立っているだけだ。それはまるで、たくさんの建物の集合で成り立っているこの町の、無意識の領域にあるものが浮かび上がっているかのようだ。

この歌は、そんな夢見がちなことを、コテコテの関西弁で言っているのが面白い。「ゆうたら（言ってみれば）」に、根拠のない謎の説得力と、やわらかさがある。これが共通語だと面白さが少し薄れてしまう感じがする。


（ｐｈａ）

地下室にとろりと水の流れゆく夜は素直に眠る階段

東直子（ひがしなおこ）

『青卵』ちくま文庫

夜の地下室に水が流れているらしい、ということはわかる。だけど、「素直に眠る階段」ってどういうことだろう。地下室につづく階段のことなのだろうか。

簡単な言葉しか使われていないけれど、はっきりした意味は一見よくわからない。でも、なんとなく言っていることはわかるような気がする。

この歌がなんだかわからないけれど説得力がある理由は、言葉の音の響きのなめらかさと、イメージのつながりのなめらかさのせいだろう。

「地下室」から「流れる水」へ、「流れる水」から「夜」へ、「夜」から「眠る階段」へ、順々にイメージのつながっていくさまがそのまま、暗くて静かな空間をとろりと流れてゆく水のようで、とても心地よい。

そういえば、いつも眠りに落ちる前は、こんなふうにつじつまが合っているのか合っていないのかよくわからないイメージが頭の中に浮かんでくる。考えていることが論理的ではなくなってきたら、それは眠りがやってくる合図だ。

階段の上から下へと少しずつ、静かに水が流れてゆくように、意識がだんだんと曖昧になっていって、そしていつの間にか、みんな眠りに落ちてゆくのだ。

（ｐｈａ）

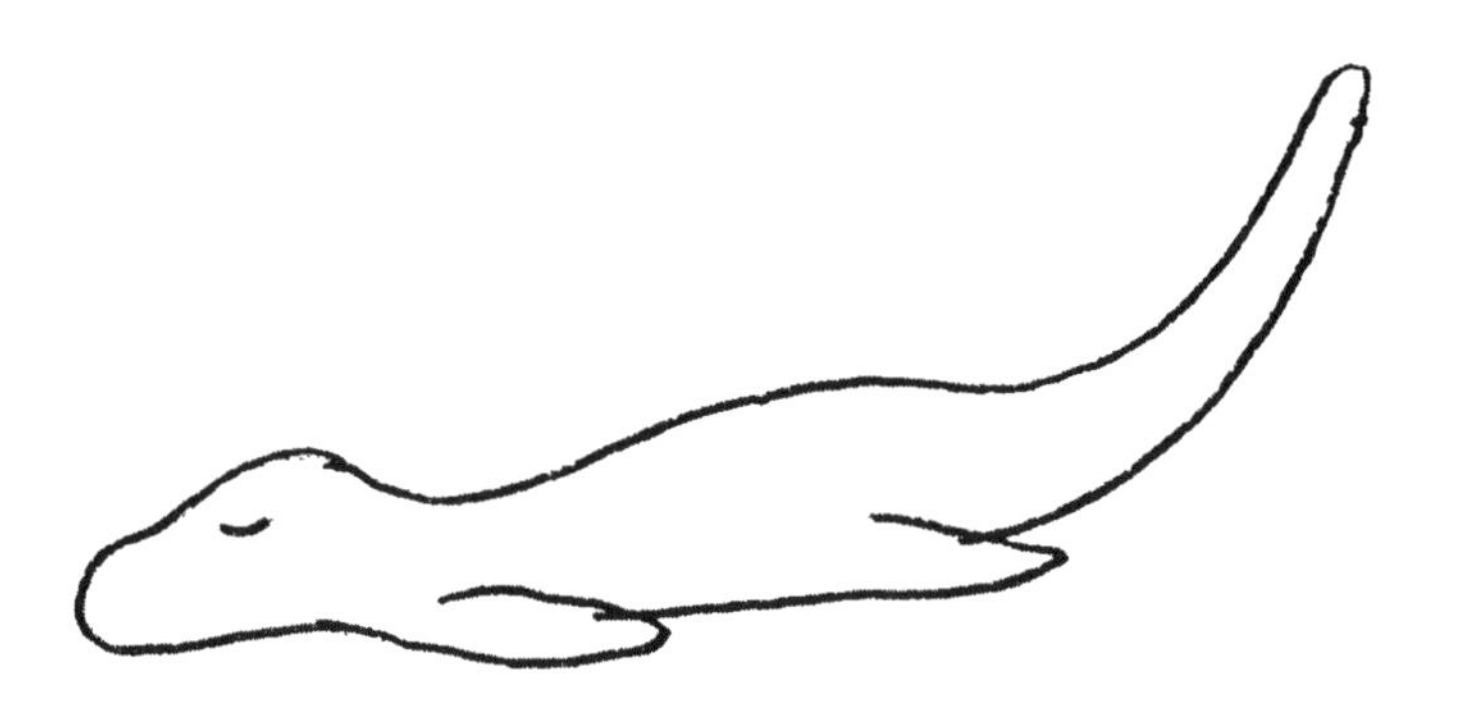

眠ることは好きだけど入眠するのが苦手なので、いつでもスッと眠れる人がうらやましくてしかたない。眠れないときというのは、いくら頑張って眠ろうとしても眠れないものだ。むしろ、眠るのを諦めて、もうずっと起きていよう、と思った途端に眠気がやってきたりする。自分が人生全般において「無理に頑張ってもしかたない」と思っているのは、眠りのどうにもならなさが原体験として影響しているのかもしれない。

pha

灯（ひ）は街にしずかに満ちてこの夜もきっと誰かの時効の前夜

toron（とろん）*

「塔」2022年5月号

地球上で犯罪は毎日起きているから、毎日が誰かの時効であり、また別の誰かの時効の前夜でもある。

よりによって、時効の前夜に捕まってしまう人もいるはずだ。この夜を超えれば自由の身になる、と息をひそめている誰かのことを、しずかに灯が満ちた街にいる誰かが、おもんぱかっている。

そんな想像がはたらくということは、みずからの生がまっさらの無罪ではないことを、きちんと自覚して生きている人なのだろう。

（枡野）

寝るまでのひとひらの間に文庫版『大菩薩峠』をわずかに登る

斉藤真伸（さいとうまさのぶ）

『クラウン伍長』書肆侃侃房

『大菩薩峠』を読んだことはない。全部読んだ人が少ないくらい長い長い作品であり、作者の他界により未完に終わったということは知っている。作者は中里介山。若いころから独身をつらぬこうと誓い、モテたのに一生独身であったという。六畳一間に暮らし、粗食だったとも言われている。そのような作者のプロフィールを知っただけで、私は一生『大菩薩峠』を読まないぞと誓いたくなる。

そんな『大菩薩峠』を寝るまでの時間、わずかに読んだという短歌である。峠とは本来「越えて」から「下りる」ものだが、挑戦する心持ちを「登る」と表現したのか。ごく短い時間を「ひとひら」と表現しているのは、文庫本のページのイメージからだろう。ほんの数ページしか進まない。この先がとても長い。

いくつもの山を少しずつ登ったり下りたりする、その小さな積み重ねこそが人生だと、歌人は考えているのかもしれない。

これは歌集『クラウン伍長』の一一〇ページに置かれている一首であり、なんと歌集の巻末一二〇ページからは「大菩薩峠彷徨」と題された章が始まる。私とちがってこの歌人は、コツコツと『大菩薩峠』をたどりきり、その読書そのものも歌にしたのだ。

（枡野）

宵闇の九月にめざめヒガシマルうどんスープが味方でいること

上坂（うえさか）あゆ美（み）

『老人ホームで死ぬほどモテたい』書肆侃侃房

「宵闇の九月」というカッコよくて風情のある単語と、「ヒガシマルうどんスープ」という俗っぽくて日常的な単語の対比が映える歌だ。

目を覚ますとまだ外が暗い。変な時間に起きてしまった。もう一度眠ろうとしたけれどうまくいかない。季節は九月。夏も終わって、夜はだんだんと涼しくなってきている。世界で自分だけが起きているような真夜中。少し心細くて不安になってくる。

しかしそんなときも、ヒガシマルうどんスープがあれば大丈夫だ。

お湯に溶かせば一瞬でやさしい味の関西だしのスープができあがる、安くてあたたかくて美味しい庶民の味方。うどんを入れてもいいいし、炭水化物はちょっと、というときは、スープだけで飲んでもいい。

関西には「うどんはだしの添えもん」という言葉がある。関西ではうどんのスープのことを「だし」と呼ぶ。つまり、スープが主役で、うどんは添えもの、スープの具の一つ、という考え方だ。だから関西のうどんは讃岐うどんなどと違ってコシがなく、やわやわでふわふわなのだ。

あたたかいスープというのはなぜこんなに人の心を救ってくれるんだろう。心が弱ったときは、あたたかいスープを飲もう。

（ｐｈａ）

田丸（たまる）まひる

花束を引きずるほどの一日を果ててだれかの夢にとけたい

『ピース降る』書肆侃侃房

花束って、受け渡しの瞬間だけに意味があるのでは、と思うことがある。もちろん、持ち帰って部屋に飾ったら、きれいだし、いい匂いはするけれども。

祝われる立場になり、大量の花束を全部は持ち帰ることができずに、パーティ会場に一部を置き去りにしてしまったことがある。どうせタクシーで帰ることになるなら、無理してでも全部持ってくればよかったかなと、ずっとクヨクヨしてしまう。

やっとのことで部屋に到着する。花束たちはとりあえず風呂場にまとめて置いておこう。シャワーを浴びる元気もない。すべてをあしたやることにして、ふとんにすべりこむ。夢のような宴だったから、今夜は眠っても夢をみない気がする。代わりに、だれかの夢へ、自分が登場することはあるんだろうか。そんなことを考えるまもなく、意識がとけていく。ありがとう、おやすみ。

というような一夜の出来事を歌ったものではなく、全体が暗喩なのかもしれないが、いずれにしても花束の香りのする一首だ。


（枡野）

田村穂隆（たむらほだか）

あの人はどんなパジャマを着るだろうこころがぎゅっとまるまってゆく

『湖（うみ）とファルセット』現代短歌社

公共の場でしか会ったことのない「あの人」。毎度「お疲れさまでした」「また明日」と言って別れるから、その人のプライベートは知らない。どんな部屋に帰って、どんなマグカップでお茶を飲んで、どんなパジャマを着て寝るのだろうか。「この人」ではなく「あの人」だから、相手は今目の前にはおらず、想像している。思いを馳せている本人がパジャマを着ているのかもしれない。自分の知らない「あの人」を思うたび、「こころがぎゅっとまるまってゆく」。今、近くにいたい。もっと、知りたい。

昔、私がある人に片思いをしていたときのこと。ウェブ上ではよく知っているつもりでいたが、リアルでは数回しか会ったことがなく、私は彼のスーツ姿しか見たことがなかった。彼がコンタクトレンズを使っているのは知っていたので「今度メガネの自撮りを送ってくださいい」と言ってみたが、「くそダサいので送りません」と断られてしまった。ただ恥ずかしかっただけなのか、私のことがそんなに好きじゃなかったのかはわからないけれど、メガネの、寝癖の、パジャマの、その人を見てみたかったな、と思う。目を閉じて思い浮かべるその人の姿に、へんなパジャマを着せてみる。ダサければダサいほど愛おしくて、ぎゅっと抱きしめたくなる。

（佐藤）

早坂類（はやさかるい）

たくさんの手紙が欲しい日があってそういうときは寝てしまいます

「早坂類自選歌集」RANGAI文庫

手紙をもらえる、ということは、手紙を書いてくれる人がいる、ということ。自分と対面していないときに自分のことを思ってくれている人がいる、なんて奇跡みたいなものだと私は思うけれど、この人は手紙が「たくさん」欲しい日があるというから、きっと多くの人から思われたいのだ。

しかしそう願ったところで、たくさんの手紙が一日にまとまって来ることはあまりない。思われたいと思い疲れて、生産的なことは何一つできなくなってしまう。それで「もう寝てしまおう」と、布団にくるまる。はやく寝て翌日が来てしまえば、「たくさんの手紙が欲しい日」をかんたんに終わらせることができるからだ。

SNSで「いいね」が欲しい日や、誰かからLINEで夕飯に誘われたい日など、自分ががんばってもどうしようもないのに、人からの思いが届くのを期待してしまう日がある。そういうときは私も寝てしまうか、〈「がっかり」は期待しているときにだけ出てくる希望まみれの言葉〉(枡野浩一)を思い出すようにしている。

(佐藤)

眠り課の暗躍により第五号議案もつつがなく夢の中

石川美南（いしかわみな）

『裏島』本阿弥書店

陰謀の匂いがする。何か大切なことが大きな力によってひっそりと握りつぶされている雰囲気がある。

それはよくないことだと思うのだけど、それでもこの歌に魅力を感じてしまうのは、「眠り課」という名称が良すぎるせいだろう。

「ネムリカ」、今まで聞いたことがない言葉だけれど、人の名前とも国の名前とも野菜の名前とも少し違う、素敵な響き。その響きだけですべてを委ねてしまいそうになる。そうやって今までいくつの物事を闇へと葬ってきたのだろうか。

「ネムリカ」のなめらかな響きから一転して、中盤の「ダイゴゴウ」「ギアン」「ツツガナク」というガ行が連続する部分も楽しい。そしてまた最後は「ユメノナカ」というやわらかい響きに回収されて終わるのも上手だ。

この世の中を変革しようとする、ゴツゴツとしたガ行に属するモノやコトは、実は必要ないのかもしれない。難しいことは考えず、「ユメ」や「ネムリ」のようなヤ行やマ行のもたらすやわらかさの中に浸っていればそれでいいんじゃないか。

僕の人生にも眠り課がやってきて、すべてを夢の中へ連れ去ってうやむやにしてほしい。
（pha）

ゆめでみたきみは早熟の操縦士それゆえに我慢も多かった

丸田洋渡（まるたよっと）

「Topple /Taupe」 https://note.com/jellyfish1118/n/n745e8d641547

知っている人が現実とは違ったかたちで夢に出てくることがある。ここでの「きみ」は航空機のパイロット、しかも早熟だというから、最短で試験に合格し、すでに多くの飛行を経験、難しい局面も的確な判断で乗り越えてきた有能な人材だ。しかし、操縦士も社会人としてまわりとうまくやらねばならないし、仕事を終えれば一人の若者である。悩みや不満、それを言えずに我慢することは人一倍多かっただろう。そんな君の過ごしてきた日々を、夢の中の僕は慮（おもんぱか）っている。幾重ものストーリーの詰まった作品だ。「そうじゅくのそうじゅうしそれゆえに」、ここを何度も言いたくなる。

同じ作者の〈ねむるときわたしいがいのぜんいんがいっきにめざめようとするんだ〉(https://note.com/jellyfish1118/) という歌も面白い。「わたしいがいのぜんいん」は、わたしの意志が通じないわたしのすべての部分、と言い換えられるかもしれないが、やはりここでは眠ろうとする自分を取り囲む大勢が見える。

（佐藤）

伊勢谷小枝子(いせやさえこ)

なつかしい夢しか好きなものがない　あなたもはやくなつかしくなれ

『平熱ボタン』あざみ書房

かつては明らかに夢だったけれども、叶わなかったせいで、なつかしくなってしまったのだろうか。

目がさめたとき、なつかしいと感じるような、夢をみていたのだろうか。

今はまだ、なつかしいと感じるほどは遠くない、あなた。

もっともっと遠ざかってくれたら、なつかしい好きなものとして、そっと取り出して眺めることもできるだろうに。

（枡野）

山下翔（やましたしょう）

明けがたにいちど目覚めてゐたことは言はないでおく　まぶしい部屋だ

『meal』現代短歌社

昨夜はふたりで眠った。朝五時ごろ目が覚めた。

隣を見ると、君はすやすや寝ている。うん、まだもう少し寝よう。


八時。

「おはよう?」

「おはよう」

君がカーテンを開ける。まぶしい。いい天気だ。


自分だけ起きていたとき、絶望したり、安心したりした。君は横にいたけれど、僕ひとりの感情があった。これからも、君に言わないことがある。君も僕に言わないことがあるだろう。それでも、ともに眠るし、朝はまぶしい。それでいいのだと思う。

結句の前の一文字空きで、少し息が止まるような気がする。僕の人生に、君との場面がある。


（佐藤）

山田航

はみ出すことを弱さに変へて僕は僕を欺くために眠るしかない

『水に沈む羊』港の人

「普通」とされる状態から外れていても、単なる個性としてやっていける場合もあるし、その人本人は案外気にしていないこともある。とはいえ、自分が一般からはみ出していて、世間からは弱者に見えるということを、弱さだと定義してしまうことで、生きやすくなる場面もあるだろう。

しかし、特段強いわけでも弱いわけでもないはずの自分を「弱い」と思い込むことは、みずからを欺き、尊厳を削ることでもある。そんなときには、眠るしかない。この眠りは逃げではない。誰かや自分を傷つけないためのシェルターなのだ。

寝て起きて、何も解決していなくても、つんのめった心がもとのかたちに戻っていることはある。多数派の主張する正義と向き合い、折り合いをつけるかつけないかを都度選んで、自分なりの日常を繋いでいくこの人のことを、私はずっと信じていたい。

（佐藤）

ベビーカーに赤子しまわれ蛸壺に蛸しまわれて冬あたたかい

小島（こじま）なお

『展開図』 柊書房

冬はいつもひたすら部屋にこもって、電気毛布にくるまってばかりいる。外に出たくないし、人に会いたくないし、何もしたくない。この歌を読むと、そんな冬の自分のことを思い出す。

ベビーカーの中の赤子や、蛸壺の中の蛸は、あるべきものが適切な場所にすっぽりと収まっているという感じがして、見ているだけで安心する。

それでいいんだ、別に。外の世界が厳しいときにわざわざ出ていく必要はない。ずっと狭いところにこもっていればいい。

しかし、蛸壺というのは、漁師が蛸を捕るためにしかけた罠だ。

蛸はそのことを理解していないだろう。いや、もしかしたら、何かおかしい、と怪しんではいるけれど、それでも壺の中の居心地のよさに抗えずに、ついまどろみ続けてしまうのかもしれない。

このままここでじっとしているとよくないことになるのかもしれない。しかし、それでもずっとこうしていたい。もうどうなってもいい。

冬はいつもそんな気持ちでいる。

（ｐｈａ）

どこまでが夢で、あそこまでの梅、ここから桜。さくらがきれい。

山中千瀬（やまなかちせ）

「率」8号

どこまでが夢だっただろう、と思うときには、自分はすでに現実の側にいて、思考の流れやその経過を時間的にさかのぼることになる。が、ここでは「どこまでが夢で」までで止まっているから、ちょうど夢と現実のはざまにいるような感覚だ。「あそこまでの梅、ここから桜」と続くと、「まで」「から」は時間の区切りではなく、あの角までは梅林、この道からは桜並木、といったように、領域「あそこ」「ここ」を示すために使われているとわかる。ただ、時期的に梅が先、桜がそのあとでもあるから、今この人には、季節のうつりかわりの時間の幅が、景色として見えてしまっているのかもしれない。

「、」「、」「。」ときて、「さくらがきれい。」。夢のようにきれいなさくらは夢の側に属していてもいいし、今見えているさくらだけが現実でもいい。夢という季節があってもいい。美しく呆ければ、最後にこういう世界が見えるだろうか。毎日行き来したい気もするが、少し怖い。

（佐藤）

門脇篤史（かどわきあつし）

春といふ春を部屋から追ひ出して休符のやうにひとひを眠る

『微風域』現代短歌社

春は始まりの季節。木々は芽吹き花は咲き、フレッシュな新入生や新入社員が希望を胸にやってくる。そんな素敵な季節を部屋から追い出して、一日中眠ろうというこの人は、前向きな気分や華やかな景色に疲れてしまったに違いない。単に「春」ではなく、「春といふ春」だから、どんな春色のかけらも残さずに締め出したいのだ。カーテンを閉めたひとりの部屋は薄暗く、彩度が低い。しかし、この部屋を取り巻くすべてが、明るい春だ。ねむるこの人だって、神の視座から見れば、地上の春の景色のうちだろう。この歌の主人公の気持ちに反して、春らしい一首になっている。

「休符のやうに」、かたちでいえば四分休符（𝄽）だろうか。膝を曲げて、横向きに寝た姿に、なんとなく似ている。大丈夫、まだ眠っていていいよ、と思う。「といふ」「やうにひとひを」の歴史的仮名遣にも春のやさしさを感じた。

（佐藤）

佐藤弓生（さとうゆみお）

まだねむい春にうとうとおもいだすお母さんあごひげが生えてた

『薄い街』沖積舎

目が覚めてももう一度寝てしまいそう、起き上がってもふわふわしている。「春眠暁を覚えず」とはよく言ったもので、「二度寝」が季語になるとしたら、季節は春だろう。ここでは「まだねむい春」と、ねむさが季節を修飾するに至っている。冬眠から覚めて間もない生き物の語りのようでかわいい。

そんなときに思い出すでもなく思い出したのは、「お母さんあごひげが生えてた」。どうでもいいことなんだけど、「あれ、言ってあげた方がよかったのかなぁ」「そもそも、あごひげって生えるんだ」と、なんだか気になってしまう。ひげが生えていたあごのイメージが、つむりかけのまぶたの裏に現れる。久しぶりに会った親が老け込んでいた、というのは単につらいが、あごひげはちょっと面白い。しっかりお化粧をしなくなり、細かい毛の処理に気を使わなくなっただけだとしても。

（佐藤）

本多真弓（ほんだまゆみ）

寝室にひもの一本垂れてあり昭和の紐をひいて眠らな

『猫は踏まずに』六花書林

私も昭和生まれなので、「昭和の紐」を知っている。

天井から吊り下がる電灯のスイッチが紐になっていて、場合によってはその紐に、さらに別の紐をくくりつけて長くしている。

その長さは、床に敷いた布団に横たわるとき、ちょっと手を伸ばせば引っ張れるくらいである。

わざわざ立たなくても、電灯をつけたり消したりできる。

紐を引っ張って眠ろうとするたび、「これは昭和の産物だ」という邪念が頭をよぎる。

平成や令和に生まれた人は、あの紐を知らないんだろうか。

いや、案外、今も昭和の紐は脈々と引っ張られていると信じたい。本当は縄文時代からあった紐であるという可能性に思いをはせ、眠ろう。


（枡野）

だいじょうぶ　洗濯物はひとつずつたたまれてゆき着替えに変わる

三上春海（みかみはるみ）

「現代短歌」2021年9月号

とても日常的なことを言っているだけなのに、安心する歌だ。

そうだ、この世界には何も心配することはない。そんな気持ちになって、ゆっくり眠れそうな気分になる。眠っているあいだに、たくさんの小人があらわれて自分の代わりに洗濯物をたたんでくれるような気さえしてくる。

いや、わかっている。そんな小人は存在しない。洗濯物は自分でたたまなければいけない。でも、「洗濯物はたためば着替えに変わる」ということをはっきりと言ってくれるだけで、気がラクになるところがある。

洗濯物をたたむとか、風呂に入るとか、やり始めればすぐに終わることを先延ばしにしてしまう、ということが、普段の生活の中でよくある。

それは、その作業が実際以上に面倒なものに思えてしまっているからだ。

そんなとき、「洗濯物はたためば着替えに変わる」という事実をはっきりと言葉にしてくれるだけで、「たしかにそうだな、気が重いと思っていたけど、別に大したことじゃないな」と思うことができて、心の中の不安が取り払われる。

面倒なことも、ひとつずつ着実に片付けていけば、何も難しいことはない。だいじょうぶ。なんとかなる。


（ｐｈａ）

ふとんとこたつでそれぞれ眠る夜がありあ部屋があった川辺のアパート

竹中優子（たけなかゆうこ）

『輪をつくる』角川書店

布団にひとり、こたつにひとりが眠っている。ふたりで布団に入る選択肢がないからだ。このふたりは、だから、恋人ではない。少なくとも私はそう思った。

「夜があり」のあと「部屋があった」と続くことに、少し驚く。ふつう、「ふとんとこたつ」といった寝具や家具が属しているのは部屋なので、わざわざ「部屋があった」と言わなくてもわかるはずだからだ。が、結句で「川辺のアパート」と続き、ここで気づく。この「部屋」とは、居室の内側だけでなく、アパート一棟を把握した場合の一室のことをも指していたのだ。夜の川面にうつるのは、そのアパートのうち、起きている住人の部屋の窓の灯。このふたりの一夜は、十数戸分ある生活のうちの一例である。

かつて、ある冬の夜。自分とその人とが、お互いを少し気にしながら眠る部屋があった。夜の川辺にそういったアパートがあると、どこかの部屋にあの夜の自分たちがいるような気がする。


（佐藤）

真夜中の旧校舎には何かある。そう想いつつ寝れば華やぐ

笹公人（ささきみひと）

『念力家族』朝日文庫

学校には旧校舎というものがある。とても古いものは木造だったりする。現在はメインでは使用されていないが取り壊されてもいない。まれにつかうこともあるけれども、あまり近づかないほうがいいとされている。

学校には七不思議というものがあったりもする（実際に数えてみると七つもなかったりするけど）。真夜中の旧校舎には何かある、との噂だ。

そんなことに思いをめぐらせながら寝る。眠りながら幽体離脱して、魂だけで旧校舎へと飛んでいけたら、さぞ面白いだろう。木の窓枠の隙間をすりぬけて中に入ると、だれもいないはずの教室には、この世のものとは思われない何かが、ひしめき合っている。朝になったら、魂はふとんで眠っている自分の肉体へと戻り、何食わぬ顔で歩いて通学する。旧校舎の秘密の真相を、夜な夜な自分だけが探っているということは、だれにも言わない。

（枡野）

なんとか座流星群は北向きの窓からみえずまた水を飲む

千種創一（ちぐさそういち）

『砂丘律』ちくま文庫

今日は「〇〇座流星群」の日だとニュースで言われても、それを楽しみに夜を迎えたりはしない。大きい月や流れ星が、たまたま見えたら感動したりもするのだろうが、感動のために準備をすることにはあまり興味がない。

しかし夜になり、ひとり手持ち無沙汰に過ごしているときにSNSで「見えた！」などと書き込みがあると、見ていない自分はなんだか取り残されたような気がして、とりあえず窓を開けてみる。何時にどの方角の空に見えるのか把握していないし、そもそも何座流星群だったかも聞いていないくらいだから、二分くらいぼーっと眺めて、やっぱり見えないと諦め、そんなもんだよな、と水を飲む。水は少しぬるくなっている。

流れ星はすぐに終わるけれど、この歌を読んだ私たちは、「なんとか座流星群」という言葉なら、いつでも読んで流すことができる。言葉の流星群は目に残る遅い星たちだから、見逃してしまうことはない。

（佐藤）

北山(きたやま)あさひ

今生に果たす全ての約束の今どのあたり　おやすみ、またね

『崖にて』現代短歌社

人は一生のうちにどれくらいの約束をするのだろうか。そして今はその全ての約束のどのあたりにいるのだろう。

まったく見当がつかないけれど、この歌はなんとなく、人生の中盤くらいの歌だと思った。もちろん、人生は唐突なものなので、あした突然終わってしまうことだってあるのだけれど。

言われてみると、人生とは約束だらけのものだということに気づく。

学校に行くことも、働きに行くことも、人と一緒に住むことも、全て誰かとの約束だ。

そして人間の約束のなかでもっともシンプルで、もっとも短い約束が、「またね」だ。

今日はおつかれさま。楽しかったね。おやすみなさい。またね。

約束をしても、本当にまた会えるかどうかはわからない。人生には何が起こるかがわからないからだ。

それでも、僕らは生きていくかぎり、誰かと約束をして、そのひとつひとつの約束を大切にし続けていくしかないのだろう。

（pha）

堂園昌彦（どうぞのまさひこ）

眠るときいつも瞳に降りてくる極彩色の雨垂れ、誰か

『やがて秋茄子へと到る』港の人

懐かしい。またここに戻ってきてしまった。

生ぬるい波が全身を洗っている。意識が形作られる前の、極彩色のどろどろの中。生命が生まれる前の原始のスープ。

自分が何であるかもわからないし、世界に何があるかもわからない。まだ自分と世界は分化していない。すべては自分であり、すべては世界でもある。誰か、とつい助けを求めそうになるけれど、ここには誰かなんて存在しない。ただ混沌が無限に広がっているだけだ。

普段自分は人間のかたちをして、挨拶をしたり、電車に乗ったり、未来について話したりしている。だけど、その前はずっとここにいたことを、おぼろげだけど覚えている。普段はすっかり忘れているけれど、ここに来るたびに思い出すのだ。

ずっとここにいてもいいんじゃないだろうか。ここには苦しみも悲しみもない。なぜ無理をして起き上がって、お金を稼いだり、人に好かれたり嫌われたりしなければならないのだろうか。ここにはすべてがあるのに。

だけど、そうもいかないということはわかっている。人間は生きている限り、何かをしなければいけないのだ。

目が覚めたらちゃんと人間に戻るから、今だけはこの極彩色に飲み込まれていたい。

（ｐｈａ）

川野芽生（かわのめぐみ）

ゆゑ知らぬかなしみに真夜起き出せば居間にて姉がラジオ聴きゐき

『Lilith』書肆侃侃房

真夜中、理由のわからないかなしみが襲ってきた。ベッドに横になったままでは、かなしみはどんどん増幅する。水でも飲んで気持ちを沈めよう、そう思って起き上がる。家族はもう寝ているはずなので、足音を立てないように。

しかしリビングに来てみたら、電気がついている。姉がいて、ラジオを聴いていた。とくに話すこともないけれど、自分も少し落ち着くまでいて、また眠りに戻ろう。深夜のラジオは、話し手の声も穏やかだ。

つらい気持ちは自分の現状に端を発するものも多いけれど、ここでは「ゆゑ（え）知らぬかなしみ」なので、漠然とした見えない気持ちのこと。一方、ラジオを聴く姉は見えるし、聞こえる。やさしい言葉をかけてくれるわけではないし、相談に乗ってほしいわけでもない、しかし現実に引き戻してくれるニュートラルな存在として、真夜中に起きている姉がいるありがたさが感じられる。妹のいる身としては、そんな姉でありたいと思った。

（佐藤）

阿波野巧也

寝返って部屋の空気を動かして（炎のようにありたい）ねむる

『ビギナーズラック』左右社

真夜中の静かな部屋で寝返りを打つと、沈殿していた空気が動くように感じる。少し起きてしまっていて、でもまた眠ろうとして眠るのだけど、そのときに「(炎のようにありたい)」と願う。この気持ちはカッコに挿入されているから、意識と無意識のあわいのものだろう。くしゃくしゃのタオルケットにパジャマで眠る人は全然かっこよくはないが、心が願うことはささやかで美しい。

ただの夜中の一シーンなのに、「炎」の一文字が入ることで、暗闇にひとつの火が灯るようだ。寝返りによって動かした空気で、その炎が少し揺れるようにも思える。

(佐藤)

天井と私のあいだを一本の各駅停車が往復する夜

笹井宏之（ささいひろゆき）

『ひとさらい』書肆侃侃房

なかなか眠れない夜はいつも、この歌を思い出してしまう。

あおむけでじっと天井を見つめる視線、その視線が線路になって、各駅停車の列車がごとごとと走り出す。

都会によくあるような、地下鉄とかに乗り入れて行ったり、快速とかが走っていたりする路線ではなくて、単線の線路を二両くらいの編成の列車が走っていて、終点につくとそのまままた引き返してくるような、小さな路線のイメージだ。

横たわっている自分と天井とのあいだの数メートルの距離が、想像の中で数キロメートルや数十キロメートルに引き伸ばされて、列車が延々とゆっくり往復しつづける。この列車には誰が乗っているのだろうか。沿線には何があるのだろう。線路のそばに菜の花なんかが咲いているといい気がする。


（ｐｈａ）

佐々木あらら

そしてまた追われる夢で目を覚ます　二度寝をすれば追っ手が変わる

「モテる死因」

私の夢はワンパターンだ。悪夢の中では基本、落ち着けるトイレを探している。探しても探しても理想のトイレは見つからず、結局は目がさめてから現実のトイレへ向かうことになる。歳をとってトイレが近くなり、一夜に何度もトイレを探す夢をみる。

追われる夢はみた覚えがない。追われるようなことを現実でもしていないからなのか。現実とは関係なく、追っ手に追われる夢をみることはあるものなのか。追われる夢で、かつ尿意を感じたら、いったいどうしたらいいのか。

（枡野）

待っててね卵雑炊つくるから夢から覚めずに全部食べてね

天野慶（あまの けい）

『つぎの物語がはじまるまで』六花書林

夢の中で食べ物を味わえる人もいるんだろうか。私は味わえない。ババロアが大好物で一日に二回食べたりするけれど、ババロアを食べる夢は一度もみたことない。

夢の中で料理をしたことがないのは、現実でもほぼしないせいだろう。日常的に料理をする人は夢の中でもしているのか。ババロアだけは比較的よくつくるのだけれど、夢でつくったことはまだない。

おなかをすかせて待っているだれかのことを心配しながら、卵雑炊をつくる夢の中にいるとき、その人は「全部食べてね」と思いながら、これが夢であることを半分自覚しているようだ。あたたかくて美味しいものを食べている途中で目を覚まして、がっかりしないように、とまで願っている。

だれかのおなかが満たされるのを確認するまでは、自分も目を覚ますことなどできないのだろう。その熱い思いで、おなかと胸があったまる歌。

（枡野）

笠木拓（かさぎたく）

魚でも獣でもない少年の膝に眠っている万華鏡

『はるかカーテンコールまで』港の人

そこに座っているのはただの人間の少年なのだけど、「魚でも獣でもない」と最初に言うことで、読み手の中には魚や獣のイメージが一瞬浮かんでくる。

万華鏡は、中を覗き込んで筒をくるくると回すと、きらびやかな模様が無限に生み出される。しかし、外から見るとただの円筒に過ぎない。「眠っている」ということは、万華鏡はただ横になって膝の上に置かれているのだろう。

この歌が表す内容は、座っている少年の膝の上に筒が置かれているという、一見地味な光景だ。しかし、読んだ人の頭の中では、その映像の上に、魚や、獣や、万華鏡が作り出すきらびやかな模様のイメージが一瞬、オーバーレイとして重なってくる。

現実の光景を描写するのと同時に、現実ならざるものの姿を幻視させる。こうした体験は、絵や映像では同じように表現するのが難しい、詩や短歌ならではのものだと思う。

（ｐｈａ）

帷子（かたびら）つらね

薔薇は薔薇、世界がそこにあるとして映画館では眼を閉じていい

「越冬隊」vol.3

「薔薇」という字は、どちらの漢字も薔薇以外の単語で見かけることがないけれど、薔薇の複雑な花びらを表した象形文字のようだ、と見るたびに思う。

世界で何が起こっても、みんながどんな勝手なことを言ったとしても、薔薇が薔薇であるということは変わらない。どんな時代も薔薇はいつも変わらずあのフォルムで咲き続けている。そう思うと、なんだか心強い気持ちになる。

そしてそれは、自分についても同じだ。

この世界ではさまざまなイベントが起こって、いろいろな幻想を自分に見せようとしてくる。だけど、世界で何が起ころうとも、自分が自分だということは変わらない。そのことを忘れずにいたい。

映画館にいるとき、映画を見ずに目を閉じて自分の中の世界に浸っていても構わない。同じように、世界の中にいるからと言って、いつも世界の方を向いていないといけないわけじゃない。

ときどき目を閉じて、世界がどうなっても変わらないであろう、自分自身の奥底にあるコアな部分について、思索を巡らせてみるのもいいだろう。

（pha）

夕焼けが山の緑になじんだら心はコイントスで消えるね

永井亘（ながいわたる）

『空間における殺人の再現』現代短歌社

いろんなものの境界が曖昧になりつつある。

夕焼けの赤と山の緑、コインの表と裏、そして心があるかどうか。

心なんて、本当はあるのかないのかわからなくて、コイントスくらいのきっかけで消えてしまうものなのかもしれない。

そして最後の「消えるね」の、「ね」という共感を誘う語尾が、語り手と読み手の境界をも曖昧にしている。

こんな抽象的でよくわからないことを、「電車って大きいよね」みたいな当たり前のことを言うみたいに言われても困るのだけど、こんなふうに話しかけられると、そうかもしれない、という気持ちになってくる。そう言われるまでそんなことは全く考えていなかったのに、前から自分もそう思っていたような気がしてきてしまう。自分と相手の境界線が曖昧になっている。

実は、誰かとのコミュニケーションなんて、みんなそんなものなのかもしれない。

そうして、すべてのものの輪郭がぼんやりと曖昧になって、消えていってしまう。最初からずっとそうであったかのように。

（pha）

平岡直子（ひらおかなおこ）

海沿いできみと花火を待ちながら生き延び方について話した

『みじかい髪も長い髪も炎』本阿弥書店

花火大会が行われる今日、日の落ち始める時間。きみと約束をして、海の近くに来た。少し歩いたこのあたりは、ベストスポットというわけではないから人も少ないし、ちょっと座ってさっき買った缶ジュースでも開けよう。夜になってきたけれど花火はまだ始まらないから、ロマンチックな雰囲気になるのは違う。夏休みも終わるわけじゃん、秋からは何をしようか。数年後、ぼくは何者かになってるかなぁ、いや、なってないか。それより、今月お金あと二八〇〇円しかないんだよね、もつかな。

このあと、花火が揚がっている時間は、きっと盛り上がって楽しいだろう。でも、花火が終わって、他の人たち同様ぼくらもぞろぞろとそれぞれのアパートに帰ってからも、まだ今日の夜は続いてしまうし、夜は毎日くる。もしかするとこの歌の背景に、大きな災害を想像する人もいるかもしれない。切実なシーンだとしても、やっぱり夜は来る。寝てしまえるのが一番だけど、いつもうまくはいかない。

生き延びるには、工夫がいる。生き延び方を話し合っているあいだのふたりは、お互いを生かし合っている。

（佐藤）

瀬口真司（せぐちまさし）

車がなくて車で眠ることができない　たとえ話はもういいでしょう

青松輝＋瀬口真司「いちばん有名な夜の想像にそなえて」

車があれば車で眠ることができる。
車がなくて車で眠ることができない。
車以外でなら眠ることはできるのか、
車がないと眠ること自体不可能なのか。
いや、今は車で眠る以外の、すべてに意味がないのかもしれない。

ここまでがたとえ話だったなら、
僕らにとって車とは。
眠るとは？
何がもういいのか。
よくないよ。

（佐藤）

四歳下の妹と、百人一首の漫画にハマった時期がある。
我々のお気に入りは蟬丸だった。

これやこの行くも帰るも別れては知るも知らぬも逢坂の関　蟬丸

漫画の中のお坊さんの蟬丸の真似をして、エアギターならぬエア琵琶の恰好で、「これや〜この〜」「べベン♪」などと歌いながら、ふたりで踊った。
私が俳句に出会う、一年前のことである。

佐藤文香

千葉聡（ちばさとし）

約束は果たされぬまま約束を信じたころのかたちで眠る

『今日の放課後、短歌部へ！』角川学芸出版眠っているものは、いずれ目覚めることが期待されている。「永遠の眠り」という言い方もあるが、それにさえ淡い期待が、まぶされている。

果たされなかった約束が今も眠っている、という歌である。約束はもう失われてしまった、とは言いたくない。いつまでも眠り続けたままなのだが、これから起き上がる日が来るとは思えないのだが、眠っているその姿はあのころと同じ、夢みるような形なのだ。

（枡野）

干場(ほしば)しおり

午後六時ビル冷えびえと青白く今日という過去を抱いて眠る

『天使がきらり』河出書房新社

会社は建前上、午後五時に終わることが多い。午後六時は本来、人々が帰宅して、ビルが空っぽになるべき時刻である。

そんな時刻のビルは、眠っている。冷えびえと、青白く。

今日という日はまだ残っているものの、ビルにとってはもう、その日は終わってしまった「過去」なのだ。

翌朝にまた人が集まれば、ビルは目覚めるだろう。

都市を巨大な生き物のように感じて生きる私たちは、さながら生まれ変わり続ける細胞だろうか。

（枡野）

夢の中で「外は雨」って言うときのぼくらは何に守られていたんだろう

石井僚一（いしいりょういち）

『死ぬほど好きだから死なねーよ』短歌研究社

雨の日に部屋の中にいるときの幸福感というものがある。外は雨。自分は安全な屋内にいる。外で濡れている人のことを考えて心配したりするのは、近しい人が外にいる場合だけだろう。

夢の中では、不安が明確な輪郭を持つ。夢をみているときに自覚するわけではなく、目がさめてから、あれは悪夢だったなとか解釈が出てくる。「ぼくら」が雨に濡れずに済んでいる夢は、どんな不安の輪郭だったのか。何かに気づきそうになるけれども、その手ざわりはすぐに曖昧になってしまう。

（枡野）

佐藤（さとう）りえ

この夜がこの世の中にあることをわたしに知らせるケトルが鳴るよ

『フラジャイル』風媒社

静かな夜、部屋で考えごとをしていると、自分がどこにいるかを忘れてしまう。過去のことを思い返したり、もしくは空想の物語を想像したり、意識をどこか別の場所に飛ばすのは楽しい。

そんなとき、ケトルが鋭く鳴って、我に返る。そうだ、自分はこの世界にいたのだ。そしてお湯を沸かしていたんだ。

意識を飛ばしていたのは、お湯を沸かしはじめてから沸くまでのあいだなので、数分のことだろう。しかしその数分が、もっと長い時間のように感じられた。何かに夢中になっているとき、人は時間の感覚を忘れてしまう。

この歌は「ケトルが鳴った」ではなく「ケトルが鳴るよ」であるところがとても上手い。「鳴った」だと事実を描写しているだけだけど、「鳴るよ」とすることで、現実以外の世界に意識を飛ばしながらも、頭の片隅で、あ、もうすぐケトルが鳴る、現実に引き戻されてしまう、とうっすら気づいているという、そんな一瞬のささやかな意識の動きを読者に体験させることに成功している。

（pha）

枡野浩一

街じゅうが朝なのだった　店を出てこれから眠る僕ら以外は

『毎日のように手紙は来るけれどあなた以外の人からである　枡野浩一全短歌集』左右社

夜通しずっと遊んでいて、店を出た瞬間の、朝の光のまぶしさ。圧倒的な青春感がある歌だ。

他の人たちは今から目覚めるのに、自分たちはこれから眠るという、世界が逆転した感じが気持ちいい。まるで自分たちだけにスポットライトが当たって特別な存在になっているかのようだ。

いくつになっても、徹夜で遊んだあとに店を出る瞬間は、自分にとっての青春だと言っていいいんじゃないだろうか。この歌を読んで、久しぶりに夜遊びをしてみたくなった。

（ｐｈａ）

我妻俊樹（あがつまとしき）

目に泡をつけてわたしがけものだといったら星はけものなんだ

『カメラは光ることをやめて触った』書肆侃侃房

言うまでもないけれど、星と獣はまったく別のものだ。

星は夜空できらきらと光っていて、獣は地面を這いずり回って唸り声をあげる。その二つはまったく似ていない。

だけどこの歌は、星は獣だ、と言う。最後の「けものなんだ」が、定型の七音に一音足りない字足らずの六音でぷっつり切れた感じなのも、語気を強めていて自信を感じさせる。

「目に泡をつけて」というのは、シャンプーの泡のようなものが目のまわりについているのだろうか。それとも、巨大な泡がコンタクトレンズのように目を覆っているのだろうか。どんな感じかはわからないけれど、どちらにしても普通ではない。街なかに目のまわりが泡だらけの人がいたら、やばいな、と感じる。

シャンプーの泡が目に入ると痛い。でも、この人は多分、どんなに泡が目に入っても、目を閉じずに見開いているだろう。充血した目で、ずっと遠くを見据えている。そこまでの覚悟で言うのなら、星が獣だったとしてもおかしくない、そう思わされてしまう。

（ｐｈａ）

伊藤紺（いとうこん）

泣くほどにわたしの純度が増してゆくわたしのベッドはわたしの
匂い

『満ちる腕』短歌研究社

わたしのベッドがわたしのにおいであることには、なかなか気づきにくい。人は他人のにおいに敏感で、自分のにおいには慣れてしまうのだ。

だから、自分のにおいが意識にのぼるとき、必ず他人の存在を同時に意識している。

ひとりのベッドで泣いているとき、ベッドに涙のにおいが付いてしまうことを気にする。

それは、ベッドに「わたし」以外のだれかがおとずれる日もあるからだろうか。

けれども「わたし」は、涙を流すことで、よりいっそう本来の「わたし」になっていくような気分でもある。笑うことは何かをまとうことで、泣くことは裸になることなのかもしれないと、この歌にひたりながら思う。


（枡野）

はだし

「死んでてもいいけど、夜はとんかつを食べにあそこに七時だか
らね」

https://note.com/hadashinomanmay/n/n0d5d8fe00357

なんだかとてもうれしくなる歌だ。

弱っているときに「死んでてもいいけど」と言ってもらえるのがうれしいし、とんかつもうれしいし、「あそこに七時」って雑な感じで待ち合わせ場所を伝えてくる人がいることもうれしい。

ラーメンでもステーキでも居酒屋でもなく、とんかつというのがいい。とんかつには不思議な安心感がある。

こんなふうに言われてしばらく死んでいたい。そして生き返ってとんかつを食べたい。

（pha）

地下鉄と話をしよう風呂上がりもう真っ暗な街に出かけて

永井祐（ながいゆう）

『日本の中でたのしく暮らす』短歌研究社

地下鉄で話をしよう、ではない。地下鉄と話をしよう、である。

話し相手がいるわけではなく、一人で風呂上がりに出かけ、地下鉄に包まれて自問自答するのだろうか。

もう真っ暗であると強く意識しているのは、明るい昼間を無為に過ごしてしまったせいかもしれない。なんだか駄目な一日だった。今から地下鉄に乗っても挽回できるとは思えない。それでも街へ出たほうがマシな気がする。

帰宅は何時になるのか。そして体力を消耗することで、きのうよりは早く深く眠れるのか。それとも朝までどこかで過ごすのか。


（枡野）

穂村弘

終バスにふたりは眠る紫の〈降りますランプ〉に取り囲まれて

『シンジケート』講談社

降りますランプ、という言葉は作者の造語だろう。そもそもランプではなく本当はブザーである。しかし読者は即座に、バスで降りるときに押すあのブザーを思い浮かべることができる。言われてみれば光るし色は「紫」であることが多い。作者は音で知らせるブザーの本質より、灯りとしての側面に着目し、それを「ライト」ではなく「ランプ」と命名した。

ふたりは眠っている。ふたりしか客席にいないような雰囲気がある。だとしたら、いったいだれがこの光景を見ているのか。神様なのか。運転手さんなのか。ブザーが光っているということは、すでに「降ります」の意思をもってそれが押されているということだから、眠っているふたり以外にも客がいたんだろうか。ふたりは恋することでスポットライトの当たる主人公になっているのか。ふたりはこのあと、ちゃんと目をさますのか。

そんなことを考え、読者は眠れなくなる。光景全体が夢の中の出来事のようでもある。美しすぎて。

（枡野）

渡辺松男（わたなべまつお）

ねえジュゴン青いめぐりの水ももう硬くなるころおやすみジュゴン

『雨（ふ）る』書肆侃侃房

ジュゴンは、ぬおーんとした顔の、海に棲む哺乳類。灰色で三メートルくらい。マナティより小さく、鼻が下を向いている。わりと浅いところに生息するようなので、「青いめぐりの水」とは美しく光る昼の海のことだろうか。とすれば、「硬くなる」は夜のしずかな水面だ。もしかすると水族館の水かもしれない。であれば、館内からお客さんがいなくなり、消灯するころだろう。「めぐりの水」が「硬くなる」という表現の、水らしさがいいと思った。

この歌は「ねえジュゴン」と呼びかけて始まり、「おやすみジュゴン」と呼びかけて終わる。呼びかける相手は、ジュゴンのような恋人かもしれないし、恋人のようなジュゴンかもしれない。あるいは、心のなかに飼っているジュゴンかもしれない。ジュゴンの顔や体つきを思い浮かべれば、いつでもいい気持ちで眠れそうだ。

（佐藤）

岡崎裕美子（おかざきゆみこ）

眠りたいと思って眠る／眠りたくないと思って眠る　しずかに

『発芽／わたくしが樹木であれば』青磁社

きのう自分は、眠りたいと思って眠っただろうか。

それとも、眠りたくないと思って眠っただろうか。

思い出してみてもよくわからない。おそらくそれははっきりと区別できるものではないのだろう。

いつだってみんな、ある程度は眠りたいと思いながら、ある程度は眠りたくないと思いながら、眠っている。「眠りたい」と「眠りたくない」の割合は日によって違うだろう。「半々」かもしれないし、「7：3」かもしれないし、「5：95」かもしれない。

眠りたいと思って眠ることと、眠りたくないと思って眠ることは、同時に存在する。歌の中にあるスラッシュはそのことを表している。

そして、眠りたい者にも眠りたくない者にも、平等に眠りは訪れる。

歌の最後に置かれた「しずかに」というひらがな四文字が、優しくしずかに、しかし力強く、重い毛布のようにすべての人に覆いかぶさって、暗い眠りへと導いていく。


（ｐｈａ）

この世から少し外れた場所として午前三時のベランダがある

荻原裕幸（おぎはらひろゆき）

『リリカル・アンドロイド』書肆侃侃房

幼いころ図書館の多いまちに住んでいた。児童書の棚の上のほうに、『午前2時に何かがくる』というタイトルの本（国土社、著者は佐野美津男）が置いてあった。背表紙を見るたび、「いったい何がくるんだろう？」と気にはなっていたものの、なかなか手にとらなかった。

ついに借りて読んでみたときも、午前二時まで起きていた経験などない年齢だった。風呂敷をひろげっぱなしのストーリーにも驚いたし、午前二時という未知の時刻のイメージは、最後まで全然つかめなかった。

そこからさらに一時間も夜が深く、むしろ朝に近づいている、午前三時のベランダ。建物から、せり出した（？）形状もあいまって、この世から、少し外れた場所のように感ぜられる。

何かがくるようなあやしい気配を、部屋の中にいながら察しているけれども、カーテンをあけることはしないで、ただ息をひそめて立っている。

（枡野）

濱田友郎（はまだともろう）

夢を見るために目覚めてあたらしい身体を魚市場でさがす

「京大短歌」23号

現実というのはほんとうに面倒くさいものだ。

毎日目を覚まして顔を洗い、何かを食べて、風呂に入って、眠る。ひたすらその繰り返しだ。本当はもっと霞を食べたり雲をつかんだり雪に埋もれたりして暮らしていたいのに。

この歌はそんなつまらない生活から逃れた夢の世界を描いているように見える。

魚市場で新しい体を探すというのは、人間をやめて魚になるつもりなのだろうか。魚になれば働かなくていいし、家賃も払わなくていい。ひたすら海の中を泳いで、食べたり食べられたりすればいいだけだ。

ただ、現実から抜け出すような内容を詠んでいるけれど、現実の強固さ、というものもこの歌からは感じる。

「夢を見るために目覚めて」というフレーズは、非現実的だけど理屈っぽさもあって、現実の論理から飛躍しきれていない感じがある。新しい体を探すときも、海に潜って探すなどではなく市場で探すというところが、社会や経済のシステムから逃れ切れていない。

現実のシステムから外れようとしても、外れた先も結局システムの中なのかもしれない。それでもシステムに許された中で、できるだけ夢を見ていくしかないのだろう。生きることはほんとうに面倒くさい。

（ｐｈａ）

目を閉ぢて眠る魚もゐるのだとまぼろしのおとうとに言ひ聞かす

佐原（さわら）キオ

「阪大短歌」10号

この歌の「まぼろしのおとうと」のことを想像してみる。「魚って、目を開けたまま眠るんだって！」と、教わったことを無邪気にお兄ちゃんに報告するような、自分と随分年の離れた弟。「でも、目を閉じて眠る魚もいるよ」「ウソだぁ、だって魚はまぶたがないんだよ？」「まぶたみたいなものがある種類もいるんだよ、調べてごらん」。兄である自分は、そう言い聞かせて微笑む。

このおとうとはまぼろしなので、目を閉じて眠る魚もまぼろしであってもかまわない。おとうとは、自分自身かもしれない。言い聞かせながら、目を閉じる。

この本のために「おやすみ短歌」を集め始めてからというもの、手元にある雑誌を見るたび、眠りに関する歌が気になるようになった。〈なまぬるき春の水槽　餌を撒き魚とともにねむってしまう〉は中田明子さんの魚と眠りの歌（「柊と南天」第3号）。「なまぬるき」と「ねむってしまう」の平仮名や音で、とっても眠たくなる。

（佐藤）

桟橋にゆれる舫（もやひ）の一束となりて眠れり水泳ののち

楠誓英（くすのきせいえい）

『禽眼圖』書肆侃侃房

舫とは舟をつないでおくロープのことも言うが、ここでは舟そのもののことだろう。桟橋につながれている幾艘かの舟は、きっとエンジンなどのついていない簡素なもの。ゆるい波に静かに揺れながら浮かんでいる。水泳後の生徒たちはそんなふうに眠っている。

この歌の素敵なところは、四句目を読むまではずっと、水辺の舟の景色しか見えないことだ。そしてそれが比喩だとわかり、夏の教室の健やかな風景へと移り変わってゆく。眠る生徒を教卓から微笑ましく俯瞰する先生は、陸から舫舟を見ているような気分なのかもしれない。

水泳のあとは眠くなる。泳ぐこと自体が全身運動だし、水で冷えた体温をもとに戻すためには、さらにエネルギーを使うのだそうだ。私も水泳のあとの授業はほとんど寝ていた。水から上がっても船を漕いでいた、と言ったら苦笑されるだろうか。

（佐藤）

かなしみを薄く伸ばして紛らわす夜の隅は地域猫に任せて

笹川諒（ささがわりょう）

『水の聖歌隊』書肆侃侃房

感情には厚みや濃さがある。ボリュームのあるかなしみが急にくると大変。すぐに総量は変わらないから、そのままでは太刀打ちできない。そういうときは胸の内の麺棒を取り出して、ゆっくり薄く伸ばして、扱えるようにどうにかしていく。今夜はそんな夜だ。

「夜の隅」というのもいろいろなかなしみの溜まりやすい場所で、普段の自分は夜の隅々、言い換えれば自分の外部の感傷をパトロールしている。けれど今日は自分のかなしみをやりすごさなくてはいけないから、そこは地域猫に任せよう。地域猫の面々は私の仲間なのだ。私がいなくても、君たちだけで今日の闇を癒してくれるね。

ただの黒猫や野良猫でなく「地域猫」なのがいい。このテリトリーで暮らす猫たちの顔が見えてくる。あるいはこれが想像の夜の隅だったとしても、想像の地域猫への信頼があるから、自分は自分の心を大切にすることができる。目をつむってこの歌を思えば、この歌の世界が読者の私たちのなかでも進行し、そうして、私たちも少しずつ快復していく。

（佐藤）

写真を飾るという習慣の不思議さを考えながら星空を見る

五島諭（ごとうさとし）

『緑の祠』書肆侃侃房

私の祖父母の家には、七歳の私と三歳の妹が元気にシーソーに乗っている写真が飾ってある。祖父が撮ったもので、引き伸ばして大きい写真立てに入れていた。祖父はほかにも、妹の入学式や私の成人式、従姉のお琴の発表会の写真などを飾った。

なぜ人は写真を飾るのか。家族も写真も好きでも、写真を飾らない人も多いと思う。旅先の風景の写真を飾る人や、プロの写真家のものを飾るという人もいるかもしれないが、この歌では写真を飾る「習慣」について言っているので、そうなるとやはり、家族の記念写真のようなものではないか。しかし歌のなかに、肝心の飾られた写真はない。この人は「習慣の不思議さ」について思いを馳せながら、星空を見ているだけだ。

一般人が星空を肉眼で見るとき、そこから配置ときらめき以外の情報を得るのはかなり難しい。具体的な景色があるはずなのに、受け取っているのは抽象的なもののように錯覚させられる。今までの思い出の見取り図のようなものをつくるなら、ちょうど星を繋いで星座にしていくような作業かもしれない。あるいは死んだ人は星になる、というのもわかる気がして、星を人それぞれのパーソナリティの結晶のように感じるならそれもいいだろう。写真のなかの思い出もひとつずつ輝いている、などと言うのは短絡的すぎるとしても。

星空を見ている時間は、上を向いてぼーっとできる。この短歌の不思議さや、写真を飾りまくったまま死んでしまった祖父のことを考えたっていい。

（佐藤）

雪舟（ゆきふね）えま

世界じゅうのラーメンスープを泳ぎきりすりきれた龍おやすみなさい

『たんぽるぽる』短歌研究社

ラーメンはだいたい中国っぽい柄のラーメンどんぶりに入っている。とくに、町中華や古いラーメン屋さんだと、朱色の器で、かくかくの渦巻みたいな模様があって、龍がいるイメージ。「ラーメン　器」で検索したら、ニトリでさえ思った通りの柄のどんぶりを売っていた。龍柄のどんぶりは日々新しくつくられていて、誰もがネットで買えるくらい一般的なものらしい。

でもこの歌の龍は、「世界じゅうのラーメンスープ」を泳ぎきったという。たしかにラーメンはどこの国にもあるメジャーな中華料理（日本ではもう日本の料理ですね）だが、そうするとこの龍の描かれたラーメンどんぶりが、世界各国をめぐってきたのだろうか。かなり古い時代から、輸出や持ち運ばれることを繰り返し、中国からインド、ドイツからアメリカ、そして日本へと？　この歌の主人公が世界のラーメンを食べてまわるラーメンハンターで、マイどんぶりを持参して旅を重ねたのかもしれない。いや、この龍は描かれたものではなく、ラーメンと見ればスープに飛び込む本物の小さな龍で、さまざまな国のスープを泳いでは飛沫を散らしてきた、というのが、一番いい読みかな。

とにかく龍はスープを泳ぎきった。泳ぐたびにゴシゴシと洗われて、鱗もすりきれてしまった。ここらでゆっくり休んでほしい。メンマを枕にするといいよ。

（佐藤）

木下龍也（きのしたたつや）

きみが飛ぶ夢を見るからあの鳥が飛べない夢を見る熱帯夜

『オールアラウンドユー』ナナロク社

「きみ」が飛ぶ夢を見るとき、世界がバランスをとるように、あの鳥は飛べなくなった夢を見るにちがいない。そのようなことを考えている「僕」のあれこれは、ここには書かれない。「きみ」にも「僕」にも「あの鳥」にも等しく、寝苦しい熱帯夜が、今夜もおとずれている。

（枅野）

上篠翔（かみしのかける）

寝ていても新宿まではたどり着くそこから先は歩けば動く

『エモーショナルきりん大全』書肆侃侃房

もっと自動的に生きていけたらいいのにと思うときがある。何も考えずに移動し、やるべきことを淡々とこなす。起きて、眠る。そんな機械のような存在になれたらいいのに、と。新宿を終点と捉える沿線で暮らしている人だ。とにかく電車に乗ってしまえば、寝ていても終点までは行ける。その先は足が自分を目的地まで運んでくれるはずだ。そのように考えなければならないほど、肉体が重く感じられる日々が続いているのかもしれない。

今はただ、車両の揺れに身をまかせて、ひととき眠ってしまえばいい。新宿に着いてからのことは、新宿に着いた自分がどうにかするだろうから。

（枡野）

仁尾智（におさとる）

今したいことしかしない猫といて僕もあしたを心配しない

『仁尾智猫短歌集　いまから猫のはなしをします』エムディエヌコーポレーション

「猫は自分の将来に不安を感じたりしないから大丈夫」。私の飼っていた猫は薬を毎日飲ませなければならない病気であったのだが、病名がわかるまで三つの病院に通った。最後の病院の獣医さんに出会って、医師にもこの世を生きる上での哲学が必要なのだと学んだ。気がふさぐ夜は、先生に言われた冒頭の言葉を思いだし、人は言葉を持たない動物よりも本当に上等なんだろうか、と考える。

安心して遊んだり眠ったりする猫のそばにいると、私たち人も猫の「野性」に感化されて、ちょっとだけ健やかな眠りにつけそうな気がしてくるのだ。

（枡野）

陣崎草子（じんさきそうこ）

千年後の朝にもおなじ発音でおはようをいう人類へ　雪

『春戦争』書肆侃侃房

多分、千年後の日本人も、今と同じ発音で「おはよう」と言っているのだろう。

そんな想像をすると、今から千年後までの遥かなタイムスパンの中で、細かい泡のように、無数の「おはよう」が発音されているイメージが浮かんでくる。自分の発する「おはよう」はそのなかのひと粒に過ぎない。

そして、空白を挟んで最後に置かれた、「雪」の一文字が決まっている。ここで、千年後まで広がっていたイメージが一気に収縮して、今ここ、に引き戻されるような感覚があって、とても気持ちいい。

おそらく千年後にも、（破滅的な気候の変化などがなければ）今と同じように雪が降っているだろう。

千年後の人たちも、現在の私たちも、同じように眠って、同じように「おはよう」と言い、同じように雪を見て、あ、雪だ、と思う。

自分の体験していることは、世界に無数にある同じような体験の中の一つにすぎないのかもしれない。それでも私たちは、自分の人生をかけがえのない一回きりの貴重なものと感じながら生きている。そう感じられることがうれしいのだ。


（ｐｈａ）

あとがき

若い頃だったら関わらなかったかもしれない短歌のアンソロジーに私が参加することにしたのは、「寝る前に読むと安眠できるような短歌を集める」という切り口に心ひかれたからと、この三人ならいい本になるのではないか、という予感があったからだ。

ｐｈａさんは京大短歌会にいたこともあるくらいだし、私とはちがう基準で幅広く短歌を愛読している。ご自身も短歌を詠み、最近は笹井宏之賞のファイナリストになってもいる。

佐藤文香さんは、万葉集研究会で知り合って結婚したというご両親を持ち、ご自身は文語や歴史的仮名遣いも用いて俳句を詠んでいる。現代的な書き方以外の短歌も積極的に読んでいるだけでなく、（歌人となるべく交流を持たないようにして生きてきた時期もある）私の、何倍も歌人の友達がいる。

そんなバラバラの三人が、まあまあ近い場所に住んでいたのも、たまたまのご縁だった（企画のスタート当初、佐藤さんは海外移住中だったりしたけれど）。

時には実生社の越道さんも京都から駆けつけるようになり、東京・南阿佐ヶ谷にある私の仕事場「枡野書店」を拠点に、三人で歌集を貸し合いながら短歌を選んでいった。だから本書にあなたの短歌や、あなたの好きな短歌が載っていなかったとしても、それはたまたまこういう企画だからなんですよ、というのが、ここで私が言いたいことだ。鑑賞文まで書いたあとで、本書の中に置いてみて似合わなかったら別の短歌に差し替えたり、試行錯誤したりした結果がこのようなラインナップだ。

短歌掲載の許諾をくださった歌人の皆様、私の手元にない歌集を貸してくださった皆様（天野慶さん、上篠翔さん他）、私の知らない「安眠できそうな短歌」を教えてくださった皆様（とりわけ工藤吉生さん）、本当にありがとうございました。

ある意味じつに珍しい本であり、この本を読者に手渡すためにはデザインが非常に重要になると悩んでいたところ、拙著でもお世話になった名久井直子さんに装丁を引き受けていただいた。うれしい。

本書『おやすみ短歌』を枕元に置いて、毎晩ちょっとずつページをめくって、すやすやと、ぐっすりと、眠りにつく読者がいてくれますように。いい夢を。

枡野浩一

短歌を読む人が増えた、と最近よく言われているけれど、短歌というのは、慣れていない人にはやっぱりちょっととっつきにくいものだ。解説など抜きで、短歌だけを見て面白がれるようになるには、ある程度の慣れが必要だ。

自分も短歌を読み始めた最初のころは、どう楽しんだらいいのかわからない歌がかなり多かった。周りの短歌好きの人と話をしたり、穂村弘さんの短歌評論を読んだりして、少しずつ短歌の周辺の文脈や雰囲気を自分の中にインストールしていくうちに、わかる歌が増えてくるようになった（それでも今でもよくわからない歌はある）。

短歌だけがひたすら並んでいる歌集はハードルが高いから、散文とか解説とか、短歌以外のページがある短歌の本がもっとあればいいのに、とずっと思っていた。短歌を一首だけポンと手渡されても、どう読んだらいいのかわからなくて戸惑う人が多いだろう。だけど、そこにちょっとした解説文みたいなものが添えてあれば、「あー、こう読めばいいのか」と、面白がれる人がもっと増えるはずだ。

この『おやすみ短歌』は、歌の鑑賞の助けになるような散文を歌に添えることで、短歌を読むのに慣れていない人でも楽しめる本になったと思う。今回、まず僕が大学時代の知り合いだった編集者の越道さんからこの本の企画案を相談されて、僕が枡野さんと文香さんを誘って、三人でこの本を作ることになった。三人とも少しずつ短歌の好みが違っていて、いいバランスの座組みになったのではないだろうか。

短歌はまだまだ、世の中に知られていない面白さのポテンシャルを秘めていると思う。その面白さを少しでも広めていきたい。

pha

小学生のころ、神戸市に住んでいた。ある日、家族でルミナリエを見に行こうと言われた。うちの家では子供が夜出歩く機会はめったになかったから、普通なら喜びそうなものなのに、私は「夜は眠いから行かない」と断った。それ以後も早寝早起きの人生で、遅くまで起きていられる人はすごい、徹夜をする人はもっとすごいと思っていた。

しかしあるとき、就寝が苦手な人と付き合うようになり、毎晩決まった時間に入眠できるというのはわりと有益な性質だと気づいた。激務の友人の話を聞くと、たくさん眠れるのは恵まれた環境にあるからだともわかった。すぐには眠り始められないこと、眠り続けにくいこと、機嫌よく起きられないことの、つらさに寄り添い、恋人が少しでもよく眠れるように、と試行錯誤した。

テレビやスマートフォンの画面の光はよくないと知り、それならばやはり紙の本がいいと思った。続きが気になると読み進めてしまうので、どこで終わってもいい本がありがたかった。本を閉じても、瞼を閉じても、覚えていられる言葉があると安心だった。だから、歌集を選んだ。仰向けに寝て目をつむって、最後に見た短歌を苔玉のように顔の上に思い浮かべ、目の奥に残った光でいろいろな角度から照らしてみる。その光が薄まってゆくのにあわせて、ゆっくりと息を吸い、息を吐く。そうして、眠りの波に身を任せることができると、その人は眠り、私も眠った。

何かのために詩歌を使うのは好きではないけれど、ある作品がただ存在することで、どこかの誰かのよりどころになることがあるのは知っている。そんな奇跡に寄与したいという思いで、この本をつくるメンバーになった。もともと私は、簡単にはわからない短歌を解説なしで味わいたいタイプだと気張っていて、でも今回、枡野さんやpｈａさんの文章を読むと楽しくて心がほぐれて、それは素敵な体験だった。

好きな歌や歌人を見つけたら、ぜひ歌集を探してほしい。そこで手にとった歌集の、隣の歌集のページもめくってみてほしい。命を削るような短歌に打ちのめされて眠れなくなるのも、歌について語り合って夜を明かすのも、いいだろう、たまになら。

佐藤文香

編著者紹介

枡野浩一　ますの・こういち

一九六八年東京都生まれ。歌人。雑誌ライター、広告会社のコピーライターなどを経て一九九七年、短歌絵本を二冊同時刊行し歌人デビュー。短歌代表作は高校国語教科書に掲載された。短歌小説『ショートソング』、アンソロジー『ドラえもん短歌』、入門書『かんたん短歌の作り方』、『毎日のように手紙は来るけれどあなた以外の人からである　枡野浩一全短歌集』など著書多数。目黒雅也や内田かずひろの絵と組み、絵本・児童小説も手がけている。

pha　ふぁ

一九七八年大阪府生まれ。作家。著書として『どこでもいいからどこかへ行きたい』『しないことリスト』『夜のこと』『人生の土台となる読書』など多数。大学生のときに京大短歌会に少しだけ参加。第5回笹井宏之賞では最終選考に残る。文学系ロックバンド、エリーツの一員としても活動。東京・高円寺の書店、蟹ブックスではスタッフとして勤務している。

佐藤文香　さとう・あやか

一九八五年兵庫県生まれ。俳人。句集に『海藻標本』、『君に目があり見開かれ』、『菊は雪』、『こゑは消えるのに』。詩集に『渡す手』。編著に『俳句を遊べ！』、『天の川銀河発電所 Born after 1968 現代俳句ガイドブック』など。恋愛掌編集『そんなことよりキスだった』。書店イベントや書籍の企画協力など、日本語詩に関する活動を幅広く行っている。

おやすみ短歌
三人がえらんで書いた安眠へさそってくれる百人一首

2023年11月20日　初版第1刷発行
2024年6月6日　初版第2刷発行

編著者　枡野浩一・pha・佐藤文香

装画・本文イラスト　pha
装丁・本文フォーマット　名久井直子
DTP　スタジオ トラミーケ
印　刷　中央精版印刷株式会社

発行者　越道京子
発行所　株式会社 実生社（みしょうしゃ）　〒603-8406 京都市北区大宮東小野堀町25番地1
TEL（075）285-3756

ISBN 978-4-910686-11-0